# DAS NATIONALTHEATER DES NEUEN DEUTSCHLANDS. EINE REFORMSCHRIFT

## EDUARD DEVRIENT

# I

Das preußische Cultusministerium hat mich durch den Auftrag geehrt, ihm meine Ansichten mitzutheilen: welche Gestaltung dem Theater zu geben sei, um es, zu einem gedeihlichen Wirken, in Uebereinstimmung mit den übrigen Künsten zu setzen.

Dieser Auftrag hat mich zur Abfassung der vorliegenden Schrift veranlaßt. In dem Glauben, daß sie von zeitgemäßem und allgemein deutschem Interesse sei, übergebe ich sie hiermit der Oeffentlichkeit.

Dresden, im December 1848.

Eduard Devrient.

## II

Noch in keinem Momente des Völkerlebens ist die höhere Sendung der Künste zur Veredlung des Menschengeschlechtes so leuchtend hervorgetreten, hat sich noch nie zu so kräftiger, tiefgreifender Wirkung angeboten, als in der großen Wendung unserer Tage.

Schule und Kirche, die bisher allein anerkannten Erziehungsstätten, sind einem Streite verfallen, der noch langehin ein heftiges Sträuben des mündig gewordenen Volkes gegen jeden fühlbaren Zwang erhalten wird. Was kann daher willkommener sein, als die sanfte Gewalt der Künste, die es allein vermag, die Gemüther zu beschwichtigen, in rein menschlichem Antheil die Herzen aller Parteien zu vereinigen, durch unmerklichen Zwang wieder Achtung vor Sitte, Friede und stillem Glück zu verbreiten, auf diesem heitren Wege die Geister wieder den strengen Erziehungsstätten zuzuführen und der großen, gemeinsamen Begeisterung für eine neue, edle Freiheit des Völkerlebens den höchsten Schwung und den schönsten Ausdruck zu verleihen!

Ueberall muß es daher als ein Zeugniß sorgsamer Staatsweisheit anerkannt werden, wo die Organisation des Kunsteinflusses auf das Volksleben von der Landesregierung in thätigen Angriff genommen wird.

Daß unter allen Künsten keine von so allgemeiner und volksthümlicher Wirkung ist, als die Schauspielkunst, bedarf hier keiner Beweisführung, die tägliche Erfahrung liefert sie. Keine Kunst wird also in dem Maße die Aufmerksamkeit der Staatsgewalt verdienen, so wie keine einer Organisation so dringend bedürftig ist, welche sie mit allen anderen höheren Culturmitteln des Staates in Uebereinstimmung setzt, als die Schauspielkunst.

Faßt man ihre rein künstlerische Wichtigkeit in's Auge, so drängt sich als ihre wesentliche Eigenheit hervor: daß sie alle übrigen Künste umfaßt; sie erhebt sich auf allen anderen und wird so zur Spitze der Pyramide; sie ist die Kunst der Künste.

Plastik, Malerei, Dichtkunst, Musik, Redekunst, Mimik und Tanzkunst sammelt sie in den gewaltigen Brennpunkt unmittelbaren Lebens, und dieser trifft in eine versammelte Menge, wo die Gemeinsamkeit des Antheils das Feuer des Enthusiasmus um so mächtiger entzündet. Wenngleich daher die schon vollendeten Werke der übrigen Künste, welche der Schauspielkunst zum Stoffe dienen, dabei an ihrer Selbständigkeit einbüßen müssen, so macht dennoch keine Kunst für sich schlagendere Wirkungen, als von der Bühne herab.

Wie dringend nothwendig ist es also, daß die Schauspielkunst endlich in den Kreis der akademischen Bildung aufgenommen werde, damit ihre drastischen Wirkungen eine grundsätzliche Uebereinstimmung mit den übrigen Künsten gewinnen!

Die Bühne vermag den Schönheitssinn, des Volkes sowohl als der Künstler, in die größte Verwirrung zu bringen, sie vermag ihn aber auch zu heben und zu reinigen. Daß so viel Unpoetisches, Unmusikalisches und Unmalerisches auf der Bühne Glück macht, bleibt ein unablässig fortwirkendes Moment der Verführung und Corruption für Dichter, Musiker, Maler und Bildhauer; dagegen hat an die einzelnen, im rechten Geiste gelungenen Erscheinungen der Bühne sich von jeher eine Kette der fruchtbringendsten Anregungen geknüpft. Die Fähigkeit der Schauspielkunst: den wohlthätigsten Einfluß auf die übrigen Künste, also auf den Kunstsinn überhaupt, zu äußern, ist außer Zweifel, es muß daher als Pflicht erkannt werden: diese Fähigkeit zum wesentlichen Zweck der Bühne zu erheben.

Und nun, den Einfluß auf die Sittlichkeit in's Auge gefaßt, welche Kunst übt ihn stärker, als die der Bühne? — Der Gegenstand ist zu oft erörtert worden, als daß es nöthig wäre, ihn hier noch einmal aufzunehmen; wer damit unbekannt ist, sei zunächst auf Schiller's Vorlesung: »die Schaubühne, als eine moralische Anstalt betrachtet«, verwiesen.

Gewiß ist — das gestehen selbst die Feinde der Bühne nicht nur zu, sondern sie machen es als ihre größte Gefahr geltend — daß die Schauspielkunst die gewaltigsten Wirkungen auf das Volk hervorbringt. Starke Wirkungen aber sind entweder wohlthätig oder nachtheilig, gleichgültig können sie nicht sein. Wenn also die Bühne den Geschmack und die Versittlichung nichtfördert, so muß sie ihnen schaden; unabweisbar wird daher die Verpflichtung für den Staat sein: sich der Wirkung seiner Schaubühnen zu vergewissern, dafür zu sorgen, daß sie die Bahn seiner Grundsätze über Volkscultur innehalten.

Daß dies bisher nicht, oder nur sehr lau und mangelhaft geschehen ist, der Einfluß der Bühne daher oft in den schreiendsten Widerspruch mit den Staatsmaximen gerathen, das liegt ebenso vor Aller Augen, als daß die Schauspielkunst noch immer ganz außerhalb des Kreises einer, mit den übrigen Künsten übereinstimmenden Bildung sich bewegt; ganz außerhalb der Kettenglieder, welche die Regierungen zur Versittlichung und Veredlung des Volkes so sorgfältig ineinanderfügen.

 Mit welchem strengen Eifer hat z. B. der Staat den neuen socialen Theorien entgegenzuwirken und die Achtung vor der Ehe, der Familie und allen Gliederungen der gesellschaftlichen Ordnung, welche daraus hervorgehen, aufrecht zu erhalten gesucht, während die Theaterrepertoire — die der Hofbühnen keinesweges ausgeschlossen — von Stücken wimmelten, in denen die Heiligkeit der Ehe verhöhnt, die Familienpietät lächerlich gemacht, ja eine förmliche Verherrlichung der Nichtswürdigkeit getrieben wird!

Die Forderung, diesem Zustande ein Ende zu machen, dem deutschen Theater eine andere, grundsätzliche Basis und Einrichtungen zu geben und es dadurch in Stand zu setzen: seine künstlerische und sociale Bestimmung zu erfüllen, ist seit lange schon laut genug geworden. Sie wird bei der Bewegung unserer Zeit immer lauter und ungestümer, sie wird unabweislich werden und sich natürlich zunächst gegen die bedeutendsten, tonangebenden Theater richten, die reich dotirt, den höheren Forderungen des Volksgeistes am ehesten zu entsprechen verpflichtet erscheinen.

Es sind die Hoftheater.

In ihrer Entstehung rühmlich für die Fürsten und wohlthätig für Kunst, sind sie im Verlaufe der Zeit —wie dies allen menschlichen Einrichtungen begegnet —von ihrer ursprünglichen Bestimmung abgewichen; ihre heutige Erscheinung entspricht ihrer ersten Idee nicht mehr.

Als in der zweiten Hälfte des vorigen Jahrhunderts die deutschen Höfe sich ernstlich und dauernd der vaterländischen Schauspielkunst annahmen, repräsentirten die Fürsten noch alle Staatsgewalt. Es war der Staat, welcher durch sie der wandernden Kunst heimische Stätten, Anerkennung, Schutz und Unterstützung gab. Fürsten waren es, der edle Kaiser Joseph II. an der Spitze, welche den höheren Staatszweck der Bühne thatsächlich proklamirten. Kaiser Joseph gab seiner Hofbühne den Namen und die Grundsätze eines Nationaltheaters, er erklärte: es solle keine andere Bestimmung haben, als zur Verbreitung des guten Geschmacks und zur Veredlung der Sitten zu wirken. Fast überall folgten Höfe und Magistrate des Kaisers Beispiele, die Nationaltheater wurden allgemein und die Schauspielkunst gewann eine bewunderungswürdig rasche und nationale Entwickelung, weil sie ihr in einer gewissen Freiheit und Selbständigkeit gegönnt war. Die Höfe nämlich übten im Allgemeinen nur Schutz und Oberaufsicht über ihre Theater aus, die künstlerische Thätigkeit wurde fort und fort von künstlerischen Directoren geleitet. Ja Kaiser Joseph erkannte die Nothwendigkeit der Selbstregierung der Künstler so vollständig an, daß er dem Wiener Nationaltheater eine ganz republikanische Verfassung gab, deren Grundsätze in Mannheim unter Dalberg eine denkwürdige Fortbildung fanden.

Das Genauere über diesen geschichtlichen Moment ist in meiner »Geschichte der deutschen Schauspielkunst« (Leipzig 1848, bei J. J. Weber) im II. B. zu finden. Ich muß mich hier und fernerhin auf dies Buch beziehen, weil es bis jetzt das einzige über diesen Gegenstand ist.

Gesch. der deutsch. Schauspielkunst II. B., S. 402, und III. B., S. 16.

Aus solchem Geiste und unter solchem Schutze wuchs die deutsche Schauspielkunst, geführt von Meistern, wie Eckhoff, Schröder, Iffland, zu der kräftigen Reife, welche unter Schiller's und Goethe's Einfluß ihre poetische Vollendung erhielt.

Als aber nach dem Wiener Congreß die Höfe den alten Glanz wieder gewannen, neue Theater in den Residenzen errichtet, die bestehenden in größeren Flor gebracht wurden, da veränderte sich Stellung und Organisation der Bühnen wesentlich.

Die Verbreitung der constitutionellen Regierungsform trennte die Staatsgewalten, der Fürst vertrat nicht mehr allein den Willen der Nation; indem also die Höfe das Theater an sich behielten, gab der Staat, gab die Nation stillschweigend den Anspruch auf, den sie bisher daran zu haben glaubten.

Es war ganz folgerichtig, daß der Name »Nationaltheater« überall dem Titel »Hoftheater« Platz machen mußte und Kaiser Joseph's Principien aufgegeben wurden. Da die Höfe immer reichlichere Geldmittel für die Bühnen bewilligten, so wollten sie diese auch ganz in ihrem Sinne verwendet sehen und dehnten daher die Verantwortung der Hofintendanten über den ganzen Umfang der theatralischen Leistungen aus. So kam es denn, daß fast überall die künstlerischen Directionen — selbst die eines Goethe — der neuen Ordnung der Dinge weichen mußten und die Hofintendanten in die falsche Stellung geriethen: die specielle künstlerische Leitung der Bühne zu übernehmen. Das Bureau wurde nun der Mittelpunkt der Kunstthätigkeit.

Diese Veränderung der Theaterorganisation erwies sich viel tiefer greifend, als man wohl vorausgesehen hatte. Die dramatische Kunst war dadurch nicht nur dem Staatsinteresse entfremdet, auch die unausweichbare Nothwendigkeit ihres inneren Verfalles war damit ausgesprochen.

Eine Kunst, die sich nur in Totalwirkungen vollendet, kann den Sammelpunkt einer künstlerischen Direction schlechterdings nicht entbehren. Der einige Geist, welcher in der Uebereinstimmung aller Theile lebendig werden soll, kann nur aus innerstem, praktischen Verständniß der Kunstthätigkeit selbst hervorgehen. Der Schauspielkunst die künstlerische Direction nehmen, hieß: ihr das Herz ausschneiden.

Umsonst haben die Intendanten, theils mit Talent, meistens mit gutem Willen und redlichem Eifer das Naturwidrige ihrer Stellung zu überwinden gesucht; es konnte nicht gelingen. Erwägt man, wie mannichfache specielle Kenntnisse, Fähigkeiten und Erfahrungen für die Leitung eines Theaters erforderlich sind, so ist es leicht zu begreifen, daß diese nicht bei Männern gefunden werden können, welche, bis dahin Kammerherren, Hofmarschälle, Oberstall- oder Oberjägermeister, Officiere u. s. w. gar keine Veranlassung gehabt hatten irgend einem dieser Erfordernisse genug zu thun. Zwar hat man geglaubt, dem Wesen der Kunst hinlänglich Rechnung zu tragen, indem dem nichtsachverständigen Director die sachverständigen Regisseure zur Seite gestellt blieben, denen das augenfällig Technische der Leitung und die

Abhaltung der Proben u. s. w. überlassen ist; in diesem Irrthume aber liegt eben der eigentliche Knotenpunkt der Verwirrung unseres heutigen Theaterwesens.

Die Leistungen der Bühnenkunst sollen einheitliches Leben haben, darum verträgt ihre Leitung keine Theilung der Gewalt. Indem die wesentlichsten Bestimmungen: Wahl, Besetzung und Ausstattung der aufzuführenden Werke, Zusammensetzung des Kunstpersonals durch Anstellungen und Entlassungen, Urlaube, Gastrollen u. dergl. vom Intendanten, wohl auch von höheren Verfügungen, abhängig sind, bleibt der Regie nur ein beschränkter und durchaus bedingter Kreis des Wirkens, in welchem sie keine absolute Verantwortung für das Gelingen der Kunstwerke übernehmen kann, weil alle Vorbedingungen dazu nicht in ihren Händen liegen. Rühmend muß es anerkannt werden, daß einige Intendanten durch Anstellung von Oberregisseuren oder Dramaturgen der künstlerischen Autorität eine größere Ausdehnung gegeben und eine Annäherung an die alten Zustände bewirkt haben, in welchen die Intendantur nur Oberaufsicht und administrative Gewalt ausübte; aber es ist auch nur eine Annäherung. So lange die Intendanten noch für alle Einzelheiten der theatralischen Thätigkeit verantwortlich gelten, können sie sich auch der Bestimmung über dieselben nicht entschlagen, und so muß, bei diesen bestgemeinten Einrichtungen, der Nachtheil kreuzender Anordnungen ebenfalls lähmend für die Ausführung bleiben.

Das Theater soll lebendige Kunstwerke schaffen, seine Thätigkeit muß also eine organische, von einem Lebenspunkte ausgehende sein. Die ganze complicirte Kette der Maßregeln, welche bis zum Aufsteigen des Vorhanges nothwendig sind, darf eine Hand nur halten, wenn das Werk in Einheit zur Erscheinung kommen soll; und das muß die Hand eines Sachverständigen sein. Nur der versteht aber eine Sache, der sie ausübt. Halbheit in der Machtvollkommenheit der künstlerischen Leitung, Einmischung kunstfremder Gewalten muß nothwendig Halbheit und Zerfahrenheit in ihre Resultate bringen.

Nicht glücklicher ist die Hofintendanz in anderer Beziehung gestellt; die innere Selbständigkeit, welche sie der Kunst entzog, gewann sie nicht für sich, ja sie gerieth in Abhängigkeit, da, wo sie absolut zu herrschen unternommen hatte. Außerdem immer im Gedränge der widersprechendsten Forderungen: hier den Wünschen des Hofes zu genügen, dort den Forderungen der höhern Bildung der Nation, entgegen denen der bloßen rohen Vergnügungslust der Menge, unvermögend sich auf eine dieser Parteien mit Sicherheit zu stützen, unausgesetzt im Schaukelsystem: es bald hier, bald dort recht zu machen —mußte sie es zuletzt mit Allen verderben. Zum Ueberfluß noch verantwortlich gegen eine Oberbehörde, (das Hausministerium) die, ihrer Natur nach blos verwaltend, für das Kunstinstitut nur den Geldmaßstab haben kann, überwuchs die Verlegenheit um vortheilhafte Kassenabschlüsse zuletzt fast alle übrigen, und so sehen wir alle, so reich dotirten Hoftheater in unausgesetzter ängstlicher Bemühung um die Einnahme. Der Zuschuß aus Staatsmitteln scheint seinen eigentlichen Zweck: die Kunst unabhängig zu machen, gar nicht zu erfüllen; er hat die Kassenverlegenheit nur auf größere Zahlenverhältnisse gebracht, hat den vornehmen Hofbühnen dieselbe plebejische industrielle Richtung der Privatunternehmungen gegeben. In stetem Kreislaufe von hazardirten Ausgaben und kleinlicher Noth sie wieder zu decken, erinnert man sich kaum zu welchem höhern Zweck sie eigentlich in Bewegung gesetzt werden? Das Mittel ist zum Zweck geworden und der Zweck (die Kunst) zum Mittel; das Theater scheint lediglich eine Anstalt für den Geldumsatz zu sein.

Consequent war es da freilich, daß man auf den Gedanken gerieth: administrativen Capacitäten müsse die Leitung des Theaters übergeben werden; der Mann der Ersparnisse galt nun für den wünschenswerthesten Intendanten. Man hatte vergessen, daß ein Theater für jeden festzustellenden Etat zu führen ist, daß es nicht darauf ankommt: wie viel oder wie wenigausgegeben, sondern was für das Ausgegebene geleistet wird, und daß nur der Sachverständige für den möglichst geringen Preis das möglichst Beste herzustellen vermag. Die Controllansicht der Hausministerien siegte, die Höfe bemühten sich um die Wette den knappsten Haushalter zum Intendanten zu machen. Mit diesem Experimente büßte die Hofintendanz ihren unbestreitbaren Vorzug ein: den einer würdigen, achtunggebietenden Haltung, einer edlen, kunstbelebenden Liberalität. Mehr als ein Hoftheater ist, bei solcher Umwandlung, an Würde, Anstand und künstlerischem Geiste tief herabgekommen, obenein ohne die goldenen Hoffnungen auf Kassenüberschüsse erfüllt zu sehen.

Daß dieser Zustand unhaltbar geworden, daß die Mission der Hofintendanz an ihr Ziel gelangt sei, ist eine allgemeine Ueberzeugung; es fragt sich nur: was an deren Stelle gesetzt werden soll?

Es fehlt nicht an Stimmen, welche jede Unterstützung des Theaters verwerfen und verlangen: es solle ganz frei gegeben, d. h. sich selbst und der Concurrenz der Privatunternehmung überlassen werden; es solle aus eigener Kraft bewähren: was es werden und was es der Nation nützen könne.

Aus dieser Forderung spricht eine untergeordnete Anschauung der Kunst überhaupt: Alles, was die Menschheit bilden und veredeln soll, muß vom Staate gestützt, vom bloßen Erwerbe unabhängig gemacht werden; das gilt von der Kunst, wie von der Schule und der Kirche. Die Concurrenz ist in unsern Tagen, selbst in ihrer Anwendung auf die Gewerbe, verdächtig geworden, und sicherlich birgt sie ein so starkes Moment der Verführung zu schlechten Hülfsmitteln, daß sie von den Maßregeln zur Hebung der Künste ein für allemal ausgeschlossen sein sollte. Privatindustrie, in Pachtverhältnissen wie in selbständigen Unternehmungen, kann, bei den Bedingungen unserer Zeit, dem Theater kein höheres Gedeihen bringen; ohne den Rückhalt kräftiger Geldunterstützung, welche den Bühnen Unabhängigkeit von der geldbringenden Menge sichert, ist ihre Führung nach reinen Grundsätzen unmöglich. Die Erfahrungen der Geschichte und unsere täglichen Erlebnisse beweisen es, daß alle Bühnen, welche auf Selbsterhaltung angewiesen sind, kleine und große, den Kampf der reinen Kunstrichtung gegen die Forderungen der materiellen Existenz nicht bestehen können. Männer wie Schröder selbst sind ihm unterlegen, auch seine Direction zielte zuletzt nur auf Gewinn.

Befreit aber soll die Kunst allerdings werden, befreit von allen Bedingungen, die ihrer Natur zuwider sind, unter denen die erste die der unbedingten Abhängigkeit vom Erwerbe ist. Frei auf sich selbst und ihre hohe Bestimmung: den Menschen die Menschheit darzustellen, dem Volke das Leben der Völker abzuspiegeln, soll die dramatische Kunst gestellt werden. Unabhängig von der Herrschaft des Geschmacks einzelner Standesschichten, seien es die höchsten, seien es die niedrigsten, nur auf die Vernunft und den besseren Willen der Nation gestützt, soll sie die Opposition gegen das wandelbare Urtheil der Massen halten können, eine unbestechliche Priesterschaft der Wahrheit und des Adels der menschlichen Natur.

Diese Freiheit aber der Schaubühne kann nur auf dem Boden einer höheren Gesetzlichkeit stehen, einer ernsten Verpflichtung zur Treue gegen ihre Bestimmung. Streng gehalten muß sie werden: der Nation zu leisten, was diese berechtigt ist von ihr zu fordern.

Kein Zweifel also, daß die Staatsregierung selbst die Schaubühnen des ganzen Landes unter ihre Oberleitung nehmen muß, daß dasjenige Ministerium, welches die Erziehung und Veredlung des Volkes zur Aufgabe hat, welches Religion, Wissenschaft und Kunst — diese dreieinige Beglaubigung unserer höhern Natur — in ihrem Zusammenwirken überwacht, nicht länger säumen darf sich auch der Schauspielkunst zu bemächtigen.

Nehme Niemand Anstoß an der frivolen Miene, die noch die Bühne unserer Tage zeigt und die sie der Verbindung mit Schule und Kirche unwerth zu machen scheint; ihrer inneren Natur nach ist Schauspielkunst zu hohen Dingen bestimmt, bei allen Völkern war sie die Trägerin des ursprünglichen Gottesdienstes. Auch muß durch diese einzige Maßregel: die Bühne zur Staatsanstalt zu erklären, unausbleiblich ihre ganze Beschaffenheit sich verwandeln.

Soll aber die Grundlage der nothwendigen Theaterreform in Uebertragung der Oberleitung, von der unverantwortlichen Autorität des Hofes auf die, dem Lande verantwortliche, der Regierung, bestehen, so darf dabei doch nicht aus den Augen gelassen werden: was die Hoftheater der Kunst genützt haben, damit diese Vortheile einem neuen Zustande der Dinge möglichst erhalten werden. Allen Glanz, alle Sicherstellung und Würde, alle äußere Vervollkommnung und Achtung verdankt das Theater dem Schutze und der Intimität der Höfe. Ohne das bisherige Verhältniß der Zugehörigkeit würde kein Theater so hoch dotirt, würden die Ansprüche des Publikums daran nie so hoch gesteigert worden sein. Auch hat der gewähltere Geschmack der höheren Gesellschaft allem künstlerischen Streben nach Adel, Feinheit, Grazie und Eleganz, den derberen Forderungen des großen Publikums gegenüber, einen wichtigen Rückenhalt dargeboten. Alles dies darf künftig nicht verloren gehen.

Nicht nur die bisherigen Geldzuschüsse, auch der permanente Antheil des Hofes muß dem Theater erhalten bleiben.

Der hin und wieder laut gewordene Vorschlag: das Theater lediglich zur Landessache zu machen und dem Fürsten anheim zu geben, seine Logen darin zu bezahlen — wie dieß in Frankreich und England üblich — ist unbedingt und aus Staatsprincip zurückzuweisen. In jedem wahrhaften Nationalinstitute muß der Erste der Nation, der Träger der Majestät des Volkes, ohne alle Bedingung zu Haus sein, und sein Interesse an der Kunst zu nähren muß ein Antrieb des Ehrgeizes bleiben.

Allerdings wird es selbst politisch consequent sein, in dieser Zeit, welche die Fürsten von Verantwortung frei zu machen trachtet, den Höfen auch die für das Theater — dessen Oeffentlichkeit unablässige Angriffe jedes Einzelnen herausfordert — abzunehmen; aber damit darf doch, zum Vortheil der Kunst, das Protectorat der Fürsten nicht aufgegeben werden.

Der Landesfürst hat nur die Organe seines Willens zu wechseln, anstatt Hofbeamten, die von seiner Willkür abhängig, die Oberleitung des Theaters Staatsbeamten zu übergeben, die außer ihm auch dem Lande verantwortlich sind.

Der jetzige Moment ist entscheidend. Die Umgestaltung unserer staatlichen und bürgerlichen Verhältnisse muß auch das Theater ergreifen; es kann nicht anders sein, denn das Theater ist zu jeder Zeit das kleine Spiegelbild des großen Außenlebens gewesen. Jetzt kommt es darauf an: was es dem Vaterlande werden soll?

Wie vor hundert Jahren alle Stimmen die Höfe um Schutz für die heimathliche Kunst anriefen, wie es als eine That ruhmwürdigen Patriotismus gepriesen wurde, wenn ein Fürst seinen Mantel über ein Nomadenhäuflein deutscher Comödianten ausbreitete, so blicken die Freunde der Kunst und des Vaterlandes jetzt wieder auf die Fürsten, verhoffend: sie werden die erste Wohlthat durch die zweite, großmüthigere vollenden, sie werden den verweichlichenden Gnadenmantel zurückschlagen und den üppig aufgeschossenen Pflegling ihrer Gunst in die ernste Pflicht: der höheren Wohlfahrt des Volkes dienstbar zu sein, entlassen.

**III**

Nun aber die praktische Ausführung dieser tiefgreifenden Theaterreform! Was ist zu thun, wenn sie den angekündigten Zwecken entsprechen soll?

Hier meine Vorschläge:

Der Landesfürst überträgt dem Ministerium für Cultus, Wissenschaft u. Kunst, neben der Oberaufsicht über die Institute für Musik und bildende Künste —Conservatorien, Akademien, Museen — auch die über die bisherigen Hoftheater. Er gewährt die Uebertragung der Summen, welche die Hofkasse bisher jährlich zur Erhaltung des Theaters zugeschossen, auf die Staatskasse. Alle Unterstützungen und Vortheile, welche andre Theater des Landes von Staats wegen genießen, so wie die Aufsicht über dieselben, welche bis jetzt meistentheils von dem Ministerium des Innern ausgeübt worden, alles dieß wird ebenfalls in die Hand des Cultusministeriums gelegt, so daß die Staatspflege aller Kunst im ganzen Lande durch eine Abtheilung dieses Ministeriums vollkommen vertreten und ihr organisches Leben gesichert ist.

Der Beamte, dem die Generaldirection der Landesbühnen übertragen wird, braucht keine specielle Kenntniß vom Theaterwesen zu besitzen; — er soll sich in die künstlerische Thätigkeit nicht mischen — ein ästhetisch gebildeter Sinn, das genaue Verständniß dessen, was die Bühne für die höhere Volksbildung zu leisten habe, ein richtiger administrativer Ueberblick werden die Erfordernisse für dieses Amt sein. Eine würdige persönliche Repräsentation wird die Wirksamkeit dieses Beamten wesentlich unterstützen. Erleichtern wird es die Theaterreform, wenn bisherige Hofintendanten von geeigneten Fähigkeiten, in dieses Ministerialamt eintreten. In welcher Weise dasselbe auf die eigentliche Theaterdirection einzuwirken hat, wird sich aus der Organisation derselben ergeben.

Die Residenztheater sind es, welche die nächste und hauptsächlichste Aufmerksamkeit in Anspruch nehmen; nichts darf versäumt werden, um ihnen eine wahre Mustergültigkeit zu verleihen. Ihre künstlerische Verfassung wird am wesentlichsten dazu wirken.

Die bisherigen Hoftheater erhalten unter dem Namen: Nationaltheater eine von künstlerischen Vorständen gebildete, selbständig abgeschlossene, der Landesregierung verantwortliche Direction.

Dieselbe besteht aus den Vertretern derjenigen Künste, welche den wesentlichen Kern der Dramatik ausmachen: Dichtkunst, Musik und Schauspielkunst; also aus einemTheaterdichter und Schriftführer (dem bisherigen Theatersecretair), einem Kapellmeister und einem darstellenden Künstler.

Diese drei Männer berathen und beschließen — mit Hinzuziehung der weiter unten zu besprechenden Vorstände zweiten Ranges — über alle Angelegenheiten des Theaters; aber Einem unter ihnen steht die endliche Entscheidung in allen Beschlüssen und ihre Ausführung mit vollkommener Gewalt und unter seiner alleinigen Verantwortlichkeit zu.

Weil nun die Schauspielkunst diejenige ist, in welche alle übrigen aufgehen, weil es auf sie ankommt: was die Dicht- und Musikwerke von der Bühne herab wirken, weil sie in letzter Instanz für Alles verantwortlich sein muß, was auf der Bühne geschieht, so wird auch die Direction des Theaters nur dann naturgemäß organisirt sein, wenn ein darstellender Künstler an ihrer Spitze steht.

Man pflegt gegen die Direction eines Schauspielers vielfache Bedenken geltend zu machen. Man sagt: er mißbrauche gewöhnlich seine Macht zur Befriedigung der, dem Schauspieler nahe liegenden Rollensucht, säe dadurch Mißtrauen und Zwietracht im Personal, benachtheilige wohl auch dadurch die Wirkung der Darstellungen.

Wahr ist es, fast alle Schauspielerdirectoren in der ganzen Kunstgeschichte haben diesen Vorwurf verschuldet. Aber da jede Direction ihre Mängel haben wird, so ist dieser, gegen den unermeßlichen Vorzug einer kunstverständigen Leitung, sehr gering anzuschlagen; wird auch zudem, aus Rollensucht der übrigen Schauspieler, gewöhnlich übertrieben angegeben. Den Meistern Eckhof, Schröder, Iffland u. A., obschon sie manche Rolle, die ihnen nicht zukam, sich aneigneten, hat dennoch die deutsche Kunst ihr erstaunlich rasches Wachsthum zu danken. Uebrigens ist in der Organisation des Theaters ein hinlängliches Gegengewicht gegen egoistische Uebergriffe aufzustellen, wie die weitern Vorschläge zeigen werden.

Ferner macht man den Einwand geltend: die erforderliche Bildung und Charakterwürde sei unter den Schauspielern zu selten anzutreffen, um dem Stande die Selbstregierung überall anvertrauen zu können.

Der Vorwurf ist, in seiner Anwendung wenigstens, unbegründet. An jeder irgend bedeutenden Bühne wird ein darstellender Künstler zu finden sein, der hinlänglich befähigt ist, die Direction — wenn auch nicht tadellos —jedenfalls besser zu führen, als sie bisher von Nichtschauspielern geführt worden ist. Ein Fortschritt also wäre der Bühne damit jedenfalls garantirt, selbst bei dem gegenwärtigen Bildungsstande. Dieser aber wird sich durch Einführung künstlerischer Directionen erstaunlich schnell verändern. Die Directionstalente unter den Schauspielern, seit 30 Jahren niedergehalten und vom Steuer entfernt, weil sie der Bureauherrschaft unbequem sein mußten, werden sich wieder erheben, die Bühne, zur Staatsanstalt erklärt, wird immer mehr an Mitgliedern aus den gebildeten Ständen gewinnen, es werden Talente, welche vielleicht, wegen mangelhafter Begabung, auf der Bühne nicht die größten Erfolge zu erlangen vermögen, andere von vorherrschender Verstandesrichtung, sich mehr auf Ausbildung der künstlerischen Einsicht legen, und wenn sie einen Weg praktischer Entwicklung in der Theaterorganisation offen finden, eine Vervollkommnung erlangen, wie wir sie ähnlich in andern Künsten bei Talenten antreffen, die vortrefflich als Lehrer und Directoren, in ihren Werken selbst aber nicht bedeutend sind. Und diese Entwicklung wird man um so geduldiger abwarten können, als bei der vorgeschlagenen Directionseinrichtung von dem Schauspielerdirector nicht aller Verstand und alle Einsicht allein gefordert wird, weil ihm die, in den Berathungen gleichberechtigten musikalischen und literarischen Vorstände zur Seite stehen, hier also der Geist der dramatischen Kunst und die praktische Ausführbarkeit sich lebendig durchdringen können.

Man hat vielfach der Direction eines Dichters vor der eines Schauspielers den Vorzug gegeben um der höhern Bildung willen, welche sein Beruf ihm aneignet, die Directionen von Goethe, Schreyvogel (West), Klingemann und Immermann scheinen diesen Vorzug zu rechtfertigen; und wo es zur Zeit nicht möglich sein sollte, einem Schauspieler das volle Directionsvertrauen zu schenken, dagegen, was selten genug der Fall sein wird, der Theaterdichter besonders vorragendes schauspielerisches und praktisches Talent zeigen sollte, mag man ausnahmsweise den Literaten an die Spitze stellen.

Der Natur der Dinge wird es immer widersprechen, und der Mißstand, den dies erzeugt, ist jederzeit, auch bei den besten Literaten-Directionen, hervorgetreten. Wie der Dichter den geistigen Stoff hergiebt in der Dramatik, der Schauspieler aber ihm Gestalt und sinnliches Leben verleiht, so muß auch bei der Leitung der Kunst im Ganzen der Dichter die berathende Stimme haben, die künstlerische Praxis aber das letzte Wort behalten.

Die Frage: wie der künstlerische Vorstand gefunden, wie die bis jetzt unerkannten Directionstalente unter den Schauspielern hervorgezogen werden sollen? muß sich wiederum aus der Natur und dem Wesen der Kunst beantworten.

Das Wesen der Schauspielkunst aber ist vollkommene Vergesellschaftung Aller, mit Erhaltung der Eigenheit des Einzelnen. Sie fordert gänzliche Hingebung an den Gesammtvortheil der Totalwirkungen, fordert Selbstverläugnung in einer Thätigkeit, welche Ehrgeiz und Eitelkeit am gewaltigsten aufregt, fordert, daß der Einzelne die Befriedigung seines eignen Vortheils in der Befriedigung des allgemeinen finde, die Schauspielkunst fordert also republikanische Tugend in höchster Potenz.

Um diese zu wecken und zu pflegen bedarf das Theater folgerichtig auch republikanischer Einrichtungen. Diese Erkenntniß datirt nicht etwa aus den politischen Bewegungen unserer Tage, schon die absolutesten Herrscher haben ihr gemäß gehandelt. Ludwig XIV. gab dem théâtre français die erste Verfassung, die Napoleon späterhin ausbildete. Joseph II. führte eine ähnliche am Wiener Nationaltheater ein. Dalberg in Mannheim, Schröder in Hamburg u. A. m. nahmen ihre Grundsätze auf. Es ist also nichts Neues, wenn das Theater eine künstlerische Selbstregierung durch Vertretung, und aus freiem Vertrauen gewählte Vorstände erhält, es ist eine Nothwendigkeit, die sich aus tausend Hemmungen und Mißhelligkeiten in der Theaterpraxis ergiebt. Denn es sind nicht blos mechanische Verrichtungen, welche von dem Personal — selbst dem untergeordneten — gefordert werden, der gute Wille, der lebendige Antheil an der gemeinsamen Sache, die eifrige Betheiligung müssen überall das Beste thun. Dies Alles aber ist nicht zu erlangen, wenn nicht jeder Einzelne fühlt, daß er wirklichen Theil hat an dem organischen Leben des Institutes, dem er angehört, wenn die Führer nicht Männer des allgemeinen Vertrauens sind.

Darum muß die Gliederung der verschiedenen Körperschaften im Personale festgestellt und der Grundsatz der Wahl von Vertretern und Führern, von unten auf geltend gemacht werden; die Direction wird dadurch erleichtert und vereinfacht.

Die Mitglieder des Orchesters, des Chors und des Balletts wählen sich alljährlich Ausschüsse von drei bis fünf Männern etwa. Bei Chor und Ballett übernehmen diese das bereits eingeführte Geschäft der Inspicienten, handhaben Ordnung in Vorübungen, Proben und Vorstellungen u. s. w.; alle aber vertreten ihre Körperschaft der Direction gegenüber, bei Wahl von Vorständen, bei Verwaltung gemeinsamer Kassen und in Streit- und Beschwerdesachen. Zum Theil besteht diese Einrichtung bereits an einigen Bühnen, sie bedarf aber grundsätzlicher Regelung.

Diese Ausschüsse mit ihren Vorständen — Kapellmeister, Musikdirector und Conzertmeister, Chordirector und Ballettmeister — treten mit sämmtlichen darstellenden Mitgliedern, männlichen und weiblichen, zusammen und wählen den Künstler, dem sie die meisten Fähigkeiten zutrauen, die Ehre und Würde des Institutes zu fördern, durch mindestens zwei Drittel Mehrheit der Stimmen, zum Director.

Obwohl die darstellenden Mitglieder ebenfalls einen vertretenden Ausschuß haben müssen, von dem nachher die Rede sein wird, so betheiligen sie sich doch bei der Wahl des Directors unmittelbar, weil jeder Einzelne in unmittelbarer Beziehung zu diesem steht. Die übrigen Genossenschaften, Orchester, Chor und Ballett, stehen größtentheils nur in ihrer Gesammtheit — da sie in dieser nur wirken — in Bezug zum Director, darum wählen sie nur als Genossenschaft durch Vertretung. Auch würde ihre Stimmenüberzahl ein unrichtiges Betheiligungsverhältniß ergeben.

Dem Ministerium steht es zu, die Wahl zu bestätigen.

Man darf sich überzeugt halten, daß der rechte Mann auf diese Weise gefunden wird. Wie gering man auch den allgemeinen Bildungsstand der Theatermitglieder anschlagen mag, was zu ihrem Fache taugt, verstehen sie besser, als irgend sonst Jemand, und wo es sich um Ehre und Gedeihen des Theaters handelt, wird persönliche Parteilichkeit die Freiheit des Urtheils nicht mehr benachtheiligen, als dies bei anderen Wahlen geschieht.

Dem Ministerium sowohl, als den künstlerischen Ausschüssen steht es frei: Wahlcandidaten, auch von andern Bühnen, vorzuschlagen.

Eine Dauer der Amtsführung kann im Voraus nicht vorgeschrieben werden, ein Theaterdirector kann so wenig, als ein Staatsminister, auf Lebenszeit oder auf eine bestimmte Anzahl von Jahren eingesetzt werden. Es muß ihm freistehen, den Posten aufzugeben, wenn er Muth, Kraft und Lust dazu verliert, — was in diesem Amte schneller, als in jedem anderen geschieht, — aber es muß auch möglich sein, ihn des Postens zu entheben, wenn er stumpf wird, ohne es zu merken, oder er dem Vertrauen der Kunstgenossenschaft und der Regierung nicht entspricht.

Diese Enthebung darf aber nur — um Gewaltsamkeit oder Intrigue zu entwaffnen — in derselben Weise, wie die Wahl geschehen, durch Beschluß des Ministeriums und der zwei Drittel Mehrheit der Stimmberechtigten.

Der austretende Director — wenn nicht Straffälligkeit ihn aus der Genossenschaft entfernt — nimmt seine frühere Stellung im Personale, oder diejenige ein, welche auf diesen Fall mit dem Ministerium verabredet worden. Es leuchtet ein, daß das Ministerium überhaupt in jedem einzelnen Falle mit dem gewählten Director über die Bedingungen der Annahme übereinkommen muß. Dazu ist aber die dringende Warnung auszusprechen: den Director der Residenztheater in keiner Weise bei den Einnahmen zu betheiligen. Er darf niemals persönlichen Gewinn, sondern nur die Ehre und Würde des Institutes im Auge haben.

Die Stellung des Directors wird sich erst übersehen lassen, wenn die ganze Organisation des Theatervorstandes klar ist.

Der Kapellmeister in der Direction hat die Verantwortung für das gesammte Musikwesen des Theaters zu übernehmen. Ihm sind die übrigen Orchesterdirigenten, so wie der Chorlehrer untergeben, mit deren Beirath er über Anstellungen, Verabschiedungen und Pensionirungen im Orchester, über Wahl, Reihefolge und Ausführung der Musikwerke Vorschläge zu machen, und sobald diese durch die Direction zum Beschluß erhoben worden, für Betreibung des Studiums und für die Vollkommenheit der Ausführung zu sorgen hat.

Der Kreis dieser Wirksamkeit wird bereits an vielen Bühnen von dem Kapellmeister beherrscht, darum würden die in Amt befindlichen fast überall für die neue Organisation passen. Es gälte nur: den Umfang ihrer Machtvollkommenheit und also ihrer Verantwortlichkeit zweifellos festzustellen und da, wo die musikalischen Angelegenheiten in verschiedenen Händen liegen, sie in einer einzigen zu centralisiren. Wo zwei gleichberechtigte Kapellmeister im Amte sind, müßte der eine dem anderen untergeordnet oder die Directionsgewalt jährlich abwechselnd in ihre Hand gelegt werden, bis ein Personenwechsel über diese Auskunft hinweghilft. Denn unverrückt muß an dem Grundsatze festgehalten werden, daß die Verantwortung überall in eine einzige Person auslaufe, damit die so geregelten einzelnen Kreise schnell und gelenkig für den allgemeinen Zweck bewegt werden können.

Diese Einrichtungen dürfen natürlich nur in Uebereinkunft mit dem Director getroffen werden, weil derselbe sich mit dem musikalischen Mitdirector in grundsätzlicher Uebereinstimmung fühlen muß. Wenn daher die Stelle des Kapellmeisters neu zu besetzen ist, so muß der Director sich mit der Aufstellung der Candidaten, welche das Ministerium oder der musikalische Ausschuß, neben den von ihm selbst vorzuschlagenden, präsentiren will, einverstanden erklären.

Die Ernennung eines neuen Kapellmeisters geschieht durch Wahl der musikalisch Betheiligten mit zwei Drittel Stimmenmehrheit und Bestätigung der Regierung. Stimmberechtigt sind — in Analogie mit der Wahl des Directors — die Sänger und Sängerinnen der Oper, die übrigen musikalischen Vorstände und die Ausschüsse des Orchesters und des Chors.

Ob man alle Orchestermitglieder für stimmberechtigt erklären will, muß lokalen Bestimmungen überlassen bleiben.

Ob die Anstellung auf Zeit oder auf Lebensdauer geschehen soll, wird von den Bedingnissen jedes einzelnen Falles abhängen. Zu erwägen ist nur, daß der Rücktritt, lediglich von der Theilnahme an der Direction, nur da möglich ist, wo ein zweiter Kapellmeister dafür einzutreten vorhanden ist.

Der Theaterdichter und Schriftführer —man mag ihn auch Dramaturg nennen — hat, wie herkömmlich, für das Bedürfniß der Bühne an Gelegenheitsgedichten, Bearbeitungen, Abänderungen, Verbesserungen der Operntexte u. s. w. zu sorgen, auch die Bureaugeschäfte und Correspondenz zu führen, so weit ihm letztere nicht vom Kapellmeister und Director erleichtert wird. Seine wesentliche Aufgabe aber wird sein, die Literatur, den Geist der Dramatik zu vertreten. Er soll von dieser Seite her immer neue Anregungen geben, damit die Direction sich nicht einer blos herkömmlich theatralischen Richtung und den gewöhnlichen Tagesforderungen hingebe. Er soll also der wichtigste Rathgeber des Directors sein in Allem, was die höhere Bedeutung der Bühne berührt; besonders also in der Wahl der aufzuführenden dramatischen Werke. Er soll den Director vornehmlich unterstützen: im Kunstpersonale ein allgemeines Bildungsbestreben zu wecken und zu nähren. Durch Anregungen aller Art, durch Vorträge, Regelung der Lectüre, Aufsicht über Vervollständigung und Benutzung der Theaterbibliothek in diesem Sinne, durch bereite Auskunft über wissenschaftliche Fragen, durch Vermittelung eines innigen Verkehrs mit literarischen Capacitäten und eines Zusammenhanges mit den Vereinen dramatischer Autoren — deren Bildung durch die Reorganisation des Theaters gewiß angeregt werden wird — soll er den Geist des Institutes heben und erweitern.

Daß dieser Posten von der allergrößten Wichtigkeit, leuchtet ebensowohl ein, als daß die meisten zur Zeit fungirenden Theatersecretaire — die ebensowohl beim Post-oder Steuerfache angestellt sein könnten — diesen Forderungen nicht entsprechen werden; diese Stelle wird also bei einer Bühnenreform fast überall neu besetzt werden müssen.

Aus einer Wahl kann dieses Mitglied der Direction nicht hervorgehen, weil keine wahlberechtigte Körperschaft dazu vorhanden ist. Die darstellenden Mitglieder können in ihrer Mehrheit kein Urtheil über seine Befähigung haben, auch sind sie in dienstlicher Beziehung nicht dergestalt von ihm abhängig, daß er der Mann ihres Vertrauens sein müßte. Es wird genügen, wenn die Majorität des Ausschusses der darstellenden Künstler der Ernennung beistimmt, welche vom Ministerium, in Uebereinkunft mit den beiden andern Directionsmitgliedern, vorgenommen wird.

Bis jetzt existiren keine Vereine dramatischer Autoren, denen eine corporative Vertretung beizumessen wäre und denen man darum eine Betheiligung bei der Wahl dieses Vertreters der dramatischen Literatur zumuthen könnte.

Dieser Ausschuß der darstellenden Künstler ist für die Gesammtorganisation überhaupt von großer Wichtigkeit.

Gleich den Musikern, Choristen und Tänzern erwählt alljährlich das darstellende Personal, Herren und Damen, einen Ausschuß von mindestens fünf Männern, darunter wenigstens je zwei aus Oper und Schauspiel.

Von diesen Vertrauensmännern des Personals hat der Director sich die Regisseure zu seinen künstlerischen Mitarbeitern zu wählen. Im Fall längerer Krankheit oder Abwesenheit eines derselben ernennt der Director aus den übrigen Ausschußmitgliedern einen Stellvertreter. Die Entfernung eines Regisseurs von seinem Posten muß natürlich in der Gewalt des Directors stehen, doch hat er sich mit dem übrigen Ausschusse deshalb zu benehmen.

In ähnlicher Weise, d. h. unter Beirath der betreffenden Ausschüsse, werden alle Vorstände zweiten Ranges eingesetzt: Orchesterdirigenten, Chordirector, Ballettmeister. Diese können natürlich nicht aus Vertrauensmännern ernannt werden, welche das Personal bezeichnet, weil sie oft von andern Theatern berufen werden müssen, immerhin aber wird es wichtig sein, daß die Direction verpflichtet sei: sich der Zustimmung des betreffenden Ausschusses zu versichern, damit das unentbehrliche Moment des ausgesprochenen Vertrauens zu allen Vorständen die ganze Bühnenverfassung durchdringe.

Der, nach Wahl zweier Regisseure mindestens aus drei Personen bestehende Ausschuß der darstellenden Künstler wird in dieser Zahl jährlich neu gewählt, wenn nicht der Austritt eines oder beider Regisseure eine Ergänzungswahl nöthig macht.

Der Ausschuß der drei Künstler ist, wie bei den andern Genossenschaften, Vorstand der Almosen-, Pensions-und Wittwenkassen u. s. w., zugleich aber übt er die Vertretung des Kunstpersonals der Direction gegenüber. Er wird dadurch zum Mittelgliede der Ausgleichung für die entgegenstehenden Interessen, die sich so oft in der Theaterpraxis geltend machen. In vielen Streitfällen, welche nach dem Buchstaben der Theatergesetze nicht, sondern nur nach dem Urtheile Sachverständiger zu entscheiden sind, bei Beschwerden über parteiische Rollenvertheilung, über Beeinträchtigung künstlerischer Rechte, welche durch kein geschriebenes Wort zu sichern sind, hingegen auch bei bestrittenen Ansprüchen der Direction wird das Hinzutreten des Ausschusses zu denjenigen Vorständen, in deren Gebiet der Fall schlägt, eine Jury bilden, welche dem Ausspruche eine größere Unparteilichkeit verleihen muß. Alle Gesetze, Ordnungs- und Strafverfügungen, Entlassungen wegen Dienstvergehungen oder gröblicher Vernachlässigung — welche auch lebenslänglich Angestellten nicht erspart werden dürfen — werden, unter Mitwirkung des Ausschusses erlassen, eine gerechtere Anerkennung erlangen und verdienen. Der Ausschuß, die Interessen des Personals vertretend und zugleich auf der Schwelle der Direction stehend, wird das Gleichgewicht zwischen dem allgemeinen und dem Einzelinteresse am sichersten halten können. Und was noch überaus wichtig ist, der Ausschuß wird eine Vorbereitungsstufe abgeben für die Directionstalente, die rascher als bisher in die künstlerischen Aemter eintreten werden, wenn sie sich auszeichnen, weil die kräftigere Bewegung, welche die Selbstregierung in den Genossenschaften hervorbringen muß, die abgenutzten Vorstände nicht lange an der Spitze dulden, überhaupt die Hemmnisse der Anciennetät, des Rollenmonopols u. s. w. beseitigen wird.

Vor Allem aber muß diese allgemeine Betheiligung an der künstlerischen Selbstregierung das eine wichtigste Lebenselement der Schauspielkunst stärken, das der künstlerischen Gesinnung, des Gesammtgeistes. Das selbstsüchtige Sonderinteresse einzelner Talente, durch hervorragende Fähigkeiten und durch geschickte und dreiste Ausbeutung der bisherigen Verhältnisse, fast an allen Hofbühnen zu einer Gewalt gelangt, die das allgemeine Gedeihen schlechterdings unmöglich macht, dieser Krebsschaden des heutigen Theaterwesens, der die beste Lebenskraft der Institute zur Beute der Eitelkeit und Eigensucht weniger Bevorrechteter macht, kann nur durch die Gesundheit und Kräftigung der gesammten Körperschaft geheilt werden. Entweder werden die Theatermatadore durch eine edlere Richtung der Bühne zu einer edlen Hingebung an die Herrschaft des Gemeinwesens der Kunst bewogen, oder ihre Anmaßung wird durch die gehobene Gesinnung der Kunstgenossen beschämt und niedergehalten werden. Dies wird um so eher geschehen, als das Sonderinteresse sich nicht mehr in dem Mißbrauch der Hofgunst nähren wird, die Direction dagegen, auf bestimmte Staatsgrundsätze gestützt und dem Lande verantwortlich, das allgemeine Interesse dem einzelnen gegenüber energischer wird vertreten können und müssen.

Bei einer solchen Bühnenverfassung wird die Direction — aus dem besonnenen Vertrauen der Genossenschaft hervorgegangen, deren beste Einsicht sie repräsentirt — an und für sich stark sein, aber die Oberbehörde darf sie auch in keiner Machtvollkommenheit beschränken, welche es ihr möglich macht, die ganze Verantwortung für die Leistungen der Bühne zu übernehmen und dem Personal gegenüber die vollkommenste Autorität zu behaupten.

Von der künstlerischen Direction müssen daher alle Anstellungen, Verabschiedungen, Beurlaubungen und Pensionirungen abhängig sein. Dem Ministerium bleibe die Bestätigung, damit Ueberschreitungen im Ausgabeetat oder Uebereilungen vermieden werden. Die Beurtheilung aber und Entscheidung über die Zusammensetzung des Personals muß der Direction durchaus anheim gegeben werden. Ebenso hat sie allein über die Zulässigkeit der Gastspiele zu entscheiden; wobei ihr nur zur Pflicht gemacht werden muß, dem allgemein eingerissenen tief verderblichen Mißbrauche derselben zu steuern, der die Geldmittel der Theater vergeudet, das künstlerische Ensemble untergräbt, das vereinzelte Virtuosenspiel bei den Künstlern und das Vergnügen daran bei dem Publikum hervorruft, auch dessen Neuigkeitsgier und Parteinahme steigert.

Der Direction muß ferner die Entscheidung über Wahl und Reihenfolge der aufzuführenden Werke, die Rollenbesetzung, Ausstattung inDecorationen und Costüm, die Aufstellung des Repertoirs überlassen sein. Daß ein verderblicher Eigenwille sich in den Entscheidungen des Directors geltend machen werde, ist nicht zu fürchten, weil alle Dinge mit den übrigen Vorständen berathen werden müssen, der Director nur der Erste unter Gleichen, er auch der Ueberwachung und zuletzt der Anklage bei der Ministerialdirection von Seiten des Ausschusses ausgesetzt ist.

Mit unbeschränkter Gewalt soll aber der künstlerischen Führung die Kunst zurückgegeben, der Mittelpunkt ihrer Thätigkeit aus dem Bureau wieder auf den Regieplatz in's Proscenium der Bühne, wo er naturgemäß liegt, versetzt werden. Die künstlerische Arbeit sei wieder die Hauptaufgabe der Theaterdirection.

Dabei aber darf sie, ebensowenig wie von der Ministerialdirection, von der Einmischung des Ausschusses beeinträchtigt werden. An der regelmäßigen Geschäftsführung darf demselben kein Theil zustehen, die schon so complicirte Theaterpraxis würde sonst in babylonische Verwirrung gerathen, der Ausschuß würde dadurch ein integrirender Theil der Direction werden und seinen Charakter als Vertreter der Genossenschaft, der Direction gegenüber, einbüßen.

Die Stärke der Theaterdirection soll aber keinesweges den Einfluß der Staatsbehörde ausschließen. Die Direction — abgesehen von ihrer später zu besprechenden administrativen Abhängigkeit — hat alle ihre Pläne, vorhabenden Einrichtungen und vorzubereitenden Arbeiten, vierteljährlich etwa, dem Ministerialdirector vorzulegen, damit er sich überzeuge, ob das Institut die Staatstendenzen innehalte.

Ferner ist das Ministerium in allen Streitsachen letzter und oberster Gerichtshof, sowohl in Differenzen zwischen Direction und Untergebenen, als zwischen den Mitgliedern der Direction selbst, oder in Klagen gegen dieselbe von Seiten der Autoren, des Publikums u. s. w., sie mögen sich nun auf materielle Forderungen oder auf solche, welche den Geist des Institutes betreffen, richten.

Die Aufgaben, welche dem so reformirten Nationaltheater gestellt werden müssen, sind nicht gering.

Vor allem thut es Noth, ein Stammrepertoir der bedeutendsten Dicht- und Musikwerke aufzustellen, das in alljährlicher Wiederkehr die Künstler in der Uebung am Vortrefflichen erhält, dem Volke den Genuß seines Kunstschatzes in Musteraufführungen sichert, ihm den ganzen Entwicklungsproceß des Theaters zugleich klar macht und ihm Ehrfurcht für das, was es leistet, einflößt.

Was Goethe davon sagt, siehe Geschichte der deutschen Schauspielkunst B. III. S. 379-382.

Auf einem Nationaltheater soll keine Woche vergehen, in welcher nicht eins der Werke aus diesem klassischen Cyklus gegeben wird. Jedes kirchliche oder politische Fest, jeder für die Nation merkwürdige Tag — bezeichne er eine große Begebenheit oder die Geburt eines großen Künstlers u. s. w. — werde durch eine entsprechende Vorstellung gefeiert und in die Sympathie der Gegenwart gezogen. Auch die wichtigen Ereignisse des Tages sollen ihren Ausdruck auf der Nationalbühne finden; sie soll nicht bestimmt sein, die Eindrücke des Lebens vergessen zu machen, sondern dem Volke ein höheres und heiteres Verständniß derselben zu eröffnen.

Um all dieser Zwecke willen wird dem Nationaltheater die Ermuthigung und Befeuerung der Autoren dringend angelegen sein müssen. Auffordernde Anregungen aller Art, angemessenere Regulirung des Honorars, Eröffnung einer achtungsvollen Stellung zur Bühne — wie sie den Schöpfern der geistigen Nahrung derselben gebührt — werden die nächsten Schritte dazu sein.

Dagegen fordert gerade die Achtung vor der Autorschaft, daß eine strenge Auswahl unter den Tageserzeugnissen vorgenommen, das Mittelmäßige und Schlechte nicht gleichberechtigt mit dem Guten betrachtet werde. Es fordert die Achtung und Rücksicht für die darstellenden Künstler, daß ihre Kraft und ihr Eifer nicht durch die Beschäftigung mit nichtsbedeutenden Arbeiten abgestumpft werden. Es fordert die Achtung vor dem Publikum: daß man es sicher stelle gegen die Langeweile an der Darstellung von Arbeiten, wie sie zufällig einlaufen und worüber dem Publikum hinterher das Urtheil überlassen wird. Die Direction ist dazu eingesetzt, ein Urtheil im Voraus zu haben und dem Publikum nur wahrhaft Erfreuendes oder Begeisterndes anzubieten, nicht aber das Vertrauen zu täuschen, mit dem das Volk sein Theater betritt, nicht die Kräfte und Mittel, die es ihr zur Verwendung übergiebt, aus persönlicher Rücksicht oder Furcht vor Journalartikeln abgewiesener Autoren zu vergeuden. Die Direction eines

Nationaltheaters soll ihre Bühne nicht zum Tummelplatz für bloße Neuigkeiten und unreife Versuche eröffnen, dagegen sie mit aller Hingebung den werthvollen Arbeiten anbieten und das Interesse der Autoren bei der Darstellung zu ihrem eigenen machen.

Die ganze Praxis der künstlerischen Leitung hier zu besprechen, ist weder zulässig noch nöthig, einige Momente aber scheinen mir anregender Erwähnung zu bedürfen.

So wird unter Allem, was für die möglichste Vollendung der Darstellungen geschehen muß, auf das Malerische derselben eine größere Sorgfalt, als sie bisher in Deutschland üblich, zu wenden sein.

Die Decorationen werden meist auf einzelne Bestellung, bald hier bald dort, oder doch von verschiedenen Malern gefertigt. Natürlich entsteht dadurch die größte Ungleichartigkeit. Werden auch die auffallendsten Mißgriffe dabei vermieden, so sieht man doch selten die Decorationen ein und desselben Stückes in übereinstimmender Farbe und Behandlungsart. Oft sieht man in ein und derselben Scene Prospect, Coulissen und Setzstücke von dreifach grell verschiedener Manier. Hierin Uebereinstimmung zu schaffen, die richtige Unterordnung der Farbe bei den Decorationen überhaupt einzuführen, genügt aber nicht allein, auch auf die Farben der Costüme und ihre Stimmung zum Hintergrunde der Handlung sollte Aufmerksamkeit gewendet werden. Das ganze Gebiet der Theatertracht bedarf im Allgemeinen einer gründlichen Regelung. Bei den wenigsten Bühnen sind Costümiers angestellt, Unkenntniß, Laune, Geschmacklosigkeit und Putzsucht erzeugen daher das grundsatzloseste, bunteste Durcheinander, das für jedes einigermaßen gebildete Auge eine wahre Beleidigung ist.

Costümier und Decorateur müssen also in genauem Einverständniß gehalten werden. Wo es die Verhältnisse gestatten, muß ihnen der Rath großer malerischer Capacitäten gewonnen werden; wie denn überhaupt mit den Höchstbefähigten in Literatur, Plastik, Musik, auch aller Wissenschaft, die sonst der Bühne dienen kann, die Verbindung mehr gesucht und unterhalten werden muß, als es bisher der Fall war. Zu diesen Zwecken müssen die Theatervorstände zugleich Mitglieder der Kunstakademie sein. Auch wird die ministerielle Gesammtleitung aller Künste dem Theater große Unterstützung verschaffen, sich von allen Künsten das Beste anzueignen, sich stets mitten in der Strömung allseitigen Lebens zu halten, um so in seinen Werken der Nation das Trefflichste bieten zu können.

Ihre Eigenheit dabei zu bewahren, wird freilich eine neue Aufgabe der Schauspielkunst und ihrer Leitung sein. Indem sie aber von Allen entlehnt, das Entlehnte jedoch anders und frei benutzt, werden in ihr auch die übrigen Künste ihr eignes Wesen schärfer erkennen; sie wird so den Kreis der akademischen Künste erst verständigend abschließen.

Selbständig muß die Theaterdirection sich durchaus erhalten, unabhängig von allen Forderungen, in deren Erfüllung die einzelnen Künste sich selbst gern auf dem Theater fänden. Die Schauspielkunst muß wissen, was sie auszuführen vermag, und darum Alles abweisen was sie nicht lebendig machen kann. Sie muß die Productionen der andern Künste zu verwenden wissen, nicht aber sich ihnen dienstbar machen. Gleichweit von theatralischer Herkömmlichkeit, wie von unfruchtbaren Experimenten, hat sie den schwierig einzuhaltenden Weg einer unablässigen Fortentwicklung und Bereicherung der Kunst in den Grenzen ihrer eigensten Natur zu finden.

Um dies ausführen zu können, wird die Direction es aber auch nicht an Anregungen zur Bildung und zum Kunstverständniß des Personals fehlen lassen dürfen. Was die Eckhof'sche Schauspielerakademie, die Manheimer Ausschußsitzungen, der Berliner Schauspielerverein in der neuern Zeit, gesollt: die Schauspieler nämlich zu gemeinsamem Kunststreben und gegenseitiger Forthülfe sammeln, das dürfte bei wahrhaft künstlerisch organisirten Theatern endlich, zu unberechenbarem Vortheil des Gesammtgeistes und des nachwachsenden Geschlechtes, Bestand gewinnen.

Gesch. d. deutschen Schauspielkunst. Bd. II. S. 88.

Ebendas. Bd. III. S. 18.

Von großer Wichtigkeit wird es sein, wenn die Nationaltheater die Spieltage vermindern. Die Alltäglichkeit des Schauspiels ernüchtert Publicum und Künstler. Könnten zwei Tage, oder auch nur einer in der Woche ausfallen, so würden die Vorstellungen wieder einen größeren, einen festlichen Reiz für das Publicum gewinnen, und der um so lebhaftere Besuch den Kassenverlust der ausfallenden Tage hinlänglich ersetzen. Die Künstler aber gewönnen durch die Ruhetage größere Elasticität und wärmere Begeisterung und, was nicht minder wichtig ist, mehr Zeit und Sammlung, um die Vorstellungen mit der letzten Sorgfalt vorzubereiten. Die Hast und Noth für jeden Tag eine Vorstellung zu schaffen, ist eines der wesentlichsten Hindernisse für die heutige Bühne: höhere Kunstforderungen zu befriedigen.

Die Abende, an denen das Theater feiert, würden, für das Publicum um so gelegener, durch Concerte oder Kunstgenüsse anderer Art ausgefüllt werden.

Ferner müßte das Nationaltheater dahin streben, die Eintrittspreise, besonders für die wohlfeileren und mittleren Plätze zu ermäßigen. Der Theaterbesuch ist noch viel zu kostspielig, als daß er seine volle Wirkung auf alle Schichten des Volkes äußern könnte. Der durch wohlfeilere Preise vermehrte Besuch würde die Kasse entschädigen, oder Ersparnisse im Ausgabeetat müßten es thun, deren nähere Angaben hier zu weit führen würden.

Es ist noch übrig, den Punkt, welcher bisher als der wichtigste gegolten, zu erörtern, den der Finanzen, des richtigen Verhältnisses zwischen Einnahme und Ausgabe.

Nach dem Prinzip des Nationaltheaters sollen die Einnahmen nur durch würdige Mittel, durch möglichst vollkommene, dem Volksgeschmacke wahrhaft gedeihliche Vorstellungen erzielt werden; diese können durch die künstlerische Direction als gesichert erachtet werden, denn bessere Leistungen bringen auch bessere Einnahmen. Die Verwaltungsfrage wird sich daher wesentlich um die richtige Verwendung der Geldmittel, welche dem Theater zu Gebote stehen, drehen.

Der Ausgabeetat werde nach der Summe, welche der Staatszuschuß und dem Minimalsatz der jährlichen Einnahme ergeben, festgesetzt. Derselbe müsse nur nach Maßgabe erworbener Ueberschüsse überschritten werden dürfen, jährlich aber ein Theil des Staatszuschusses zu einem Reservefonds zurückgelegt werden, damit die mannichfachen Wechselfälle, denen das Theater durch die Zeitereignisse ausgesetzt ist, dasselbe niemals mittellos finden. Von diesen Grundzügen der Theaterökonomie müsse niemals gewichen werden, damit der Staat die Garantie hätte: nur in den außer aller menschlichen Berechnung liegenden Fällen vor den Riß treten zu müssen.

Daß der Theaterhaushalt auf dieser Basis zu führen ist, steht bei einer künstlerischen Direction außer Zweifel, die durch bestimmte Staatsgrundsätze geschützt ist: nicht jedem kostspieligen Gelüsten eines dominirenden Geschmackes, nicht jeder unmäßigen Geldprätension hervorragender Talente fröhnen zu müssen. Bei jedem, wenn nur irgend gesicherten, hohen oder niedrigen Einnahmeetat ist ein Theater herzustellen, in dem der Geist lebendig ist, und wenn hierauf nur der Accent gelegt wird, ergiebt sich alles Uebrige leicht. Man nehme keinen Anstand, einer selbständigen, künstlerischen Direction die Aufgabe zuzuschieben, sie kann, sie wird sie lösen. Sie wird bei einer sicherer berechneten und geleiteten Verwendung der Talente schon im Gehaltetat, gewiß aber in den Ausgaben für allen Apparat, der so ungeheure Summen verzehrt, große Ersparnisse herbeiführen können. Inmitten der Production stehend, kann sie das Auge überall haben, sie versteht mit Wenigem Viel auszurichten, Dinge doppelt und dreifach zu benutzen, welche bei mancher Hofbühne — die in der Fülle ihres aufgehäuften Apparates fast erstickt — bereits doppelt und dreifach existiren und doch immer wieder aufs Neue beschafft werden.

Der Ausgabeetat werde nach monatlichen Durchschnittssummen, je nach den verschiedenen Zweigen geordnet, wie dies schon jetzt gebräuchlich ist. Das Ministerium hat diese Eintheilung zu bestätigen, aber auch speciell darüber zu wachen, daß sie nicht ohne Noth überschritten werde. Künstler sind selten geschickte Haushalter, daher muß der Regierung zustehen: die Direction, in Bezug auf die Geldverwendung genau zu controlliren und jeden Augenblick darüber Rechenschaft fordern zu dürfen.

Erleichtert wird dies, wenn der ganze Theaterhaushalt, wie dies bereits bei einigen Hofbühnen der Fall ist, in die Hand eines einzigen Beamten gelegt ist, der jede materielle Beschaffung vermittelt, das gesammte Theaterinventarium unter seiner Aufsicht hat und die Controle der Einnahme und Ausgabe führt. Damit ist auch die Verantwortlichkeit für die materielle Verwaltung in der Person dieses ökonomischen Inspectors concentrirt und durch ihn kann die Oberbehörde in jedem Augenblick vollständigen Aufschluß über den complicirten Theaterhaushalt erlangen.

Dieser Posten, so wie der des Cassirers und anderer bloß verwaltenden Beamten, wird durch die Regierung, in Uebereinkunft mit der künstlerischen Direction, besetzt.

Mit der Bemerkung: daß Anordnungen über Baulichkeiten in den Theatern, über Hausordnung, die Aufnahme des Publicums u. s. w. von der künstlerischen Direction, aber nur unter specieller Bestätigung der Oberbehörde vorzunehmen sind, daß also die Direction, wie frei sie auch auf rein künstlerischem Gebiete zu schalten habe, aus dem der Administration doch entschieden abhängig sein müsse — wird die Auseinandersetzung des Verhältnisses zwischen Ministerium und Theaterdirection abgeschlossen sein.

Diese hier vorgeschlagene Reorganisation der großen und tonangebenden Bühnen in Deutschland müßte sich am vortheilhaftesten in Wien und Berlin erweisen, wo mehrere Theater vorhanden, welche eine Trennung der verschiedenen dramatischen Gattungen und dadurch eine um so vollkommnere Ausbildung jeder einzelnen begünstigen. Denn die Schwierigkeit: das ganze recitirende Schauspiel, vom Trauerspiel bis zur Posse, daneben heroische und komische Oper und Ballett, kurz die ganze dramatische Möglichkeit auf ein und derselben Bühne, mit ein und demselben Personal zur Vollkommenheit zu bringen, wird immer ungeheuer bleiben; selbst wenn die vorgeschlagene organische Gliederung einer Direction von Kunstverständigen die Lösung dieses Problems erleichtert. In Wien aber z. B., wo Schauspiel, Oper und Posse bereits abgesonderte Theater und abgesonderte Directionen besitzen, wo noch zwei andere Bühnen vorhanden sind, mit deren Hinzuziehung sich eine noch weitere Eintheilung nach dem Muster der Pariser Theater vornehmen ließe, wonach dem Burgtheater sein bisheriges Gebiet des recitirenden Schauspiels verbliebe, dem Kärnthnerthortheater die große Oper (nach dem Muster der Academie royale), dem Josephstädter Theater die komische Oper und das Singspiel, dem Wiedner-Theater das Spektakelstück und Melodram, dem Leopoldstädter Theater dieVolksposse zufiele — dort würde jede Gattung, bei der vorgeschlagenen Organisation, sich ihrer Vollendung zuführen lassen.

Ausführlicheres hierüber Gesch. d. deutsch. Schauspielkunst. Bd. III. S. 413 u. f.

Freilich müßten aber alle fünf Theater Staatsanstalten werden und ihre abgesonderten Directionen dem gemeinsamen höheren Prinzipe und der Beaufsichtigung der Regierung unterworfen werden.

Die preußische Regierung hat den wichtigsten Grundsatz der aus diesen Blättern vorgeschlagenen Theaterreform, den einer ministeriellen Oberleitung, bereits vor vierzig Jahren auf einige Zeit anerkannt, Berlin hat unter Iffland schon eine musterhafte künstlerische Direction gehabt, dort würde man also nur auf schon anerkannte Zustände zurück zu fußen brauchen.

Gesch. d. deutsch. Schauspielk. Bd. III. S. 422 u. f.

Die erste und unabweisbare Maßregel einer Reorganisation der Berliner Theater würde die Trennung der dramatischen Gattungen sein müssen.

Berlin besitzt drei Theater, angemessen in Lage und Beschaffenheit, um eine natürliche Scheidung mit dem schönsten Erfolge vornehmen zu können.

Im Schauspielhause, das zu der, leider immer geringer werdenden Zahl derjenigen gehört, deren glückliche mittlere Größe noch eine naturgemäße Menschendarstellung zuläßt, wo der Schauspieler noch nicht genöthigt ist zum Ueberbieten aller Mittel zu greifen um nur einen Eindruck hervorzubringen, im Schauspielhause bliebe das sogenannte recitirende Schauspiel, der eigentliche Kern der dramatischen Kunst: Tragödie, Drama und Comödie, in reiner Gattung abgeschlossen, wie dies im Wiener Burgtheater musterhaft und erfolgreich der Fall ist; nur ohne jene peinliche Beschränkung, welche selbst Lieder und Chöre aus dem Schauspiele verbannt. Im glanzvollen Opernhause die große Oper und die komische, so weit sich diese vom Burlesken frei hält und die musikalische Entwicklung als ihre wesentliche Aufgabe darlegt. Diesen schlösse das Ballett sich an.

Das behagliche Königsstädter Theater dagegen werde seiner ursprünglichen Bestimmung eines Volkstheaters zurückgegeben. Hier werde der Maßstab des höheren Schönheitsprinzipes und der Classicität nicht angelegt, in Ernst und Scherz mögen die grellen Effecte walten, wie der Volksgeschmack sie heischt. Dies Theater umfasse in seiner Thätigkeit das Schauerdrama, das Spektakelstück und Melodram, die niedrig-komische Oper und Posse, das komische Liederspiel, die Genrebilder,komische Pantomime und Grotesktanz u. s. w. Hier kann das Berliner Localstück —wenn ihm, was bisher nie geschehen, das Gebiet unbeeinträchtigt überlassen wird — seine mögliche Ausbildung finden.

Es wird dies ein Theater sein, am beliebtesten bei dem großen Publicum und vielleicht mit einem geringeren Zuschuß, als ihr jetzt durch die Krone zu Theil wird, im schönsten Flor zu erhalten.

Auf welche Weise das Königstädter Theater gänzlich in Besitz der Krone und so der Regierung zu bringen wäre, muß Gegenstand abgesonderter Erörterung bleiben.

Die Subvention des Königl. Theaters würde zwischen Oper und Schauspiel zu vertheilen sein. Nach der Erfahrung, welche die Trennung der Wiener Theater an die Hand giebt, würde Oper und Ballet 2/3, das Schauspiel 1/3 davon brauchen.

Alle drei Theater erhielten abgesonderte Directionen, nach der vorbeschriebenen Organisation, und fänden ihre gemeinsame Oberdirection im Ministerium. Dieselbe hätte nicht nur Einsicht zu nehmen von den Arbeitsplänen der einzelnen Directionen — wie früher angegeben — sie hätte diese auch sämmtlich, vielleicht monatlich, zu gemeinschaftlichen Sitzungen zu versammeln, damit die verschiedenartige Thätigkeit doch nach einem übereinstimmenden Plane und Geiste geordnet werde, die neuen Werke sich nicht gegenseitig im Eindruck beim Publicum hindern, die Gattungen richtig gesondert blieben u. s. w. Zugleich würden, durch diese gemeinschaftliche ministerielle Oberdirection, ausnahmsweise Aufführungen von Werken, welche den Zusammentritt der ersten Talente aller Gattungen erfordern, möglich bleiben; wie die Vorstellungen der Antigone, des Sommernachtstraumes u. s. w. Der Uebelstand einer absoluten Trennung des musikalischen vom recitirenden Drama, der in Wien so oft empfunden wird, wäre dadurch vermieden und die großartigste Entfaltung der Dramatik, dem ganzen Umfang ihrer Mittel nach, bliebe freigegeben.

Natürlich dürften solche combinirte Vorstellungen nur ausnahmsweise und durch die hohe Bedeutung ihres Gehaltes gebotene sein, damit eine abgesonderte Entwicklung der Gattungen und der einzelnen Theater nicht zu oft gehindert würde.

Welch eine Vollendung die dramatische Kunst in Berlin durch solche Organisation gewinnen könnte, getragen durch die Empfänglichkeit und Befeuerung eines, die Sommitäten der Intelligenz und des Geschmackes repräsentirenden Publicums, ist leicht zu übersehen.

Die Vereinigung der höheren Interessen der drei Directionen in der gemeinsamen Leitung der Regierung würde auch eine gegenseitige Förderung garantiren. Der falsche Antrieb feindseliger Concurrenz — welcher vierundzwanzig Jahre lang dem Königl. Theater nachtheilig und dem Königstädter an seiner Ausbildung entschieden hinderlich gewesen und gar keinen Vortheil gebracht hat — würde dem edlen Wetteifer Platz machen: in gleichem Interesse des Nationalruhms sich den Kranz streitig zu machen.

 Es braucht kaum noch erwähnt zu werden, daß auch hier alle drei Theater wetteifern würden, sich den Antheil des Hofes ungeschwächt zu erhalten und die Erfüllung eines Wunsches desselben als einen besondern Vorzug zu betrachten. Auch bei besondern Vorstellungen in den königl. Schlössern fände verwaltungsmäßig keine wesentliche Veränderung statt, da diese bisher schon besonders in Rechnung kamen.

Freilich müßten — wenigstens bis diese drei Theater sich ganz consolidirt hätten — alle übrigen Bühnen in Berlin geschlossen, auch die italiänische Oper und das französische Schauspiel verbannt werden. Man muß Theater und Publicum erst im Geist und Sinne für ein wahrhaft nationales Theater erstarken lassen, bis man beide verlockender und zerstreuender Rivalität preisgeben darf.

Soll nun aber das künstlerische Gedeihen der naturgemäß organisirten großen Nationalbühnen gesichert sein, so dürfen ihnen die vorbereitenden Theaterschulen nicht länger fehlen. Sie sind endlich zu einer gebieterischen Nothwendigkeit geworden, wenn die Schauspielkunst nicht überhaupt binnen Kurzem als ein gauklerhaftes Virtuosenthum alle Achtung des deutschen Volkes verscherzen soll.

Was ich über die Nothwendigkeit der Schulen, wie über ihre praktische Einrichtung zu sagen weiß, habe ich bereits 1840 in einer kleinen Schrift: Ueber Theaterschule gegen das Publicum ausgesprochen, ich kann also hier die Wiederholung sparen. In den acht Jahren, welche seitdem verflossen, haben alle Uebel der künstlerischen Zuchtlosigkeit dergestalt zugenommen, daß selbst die Gegner der Schulen — die jede methodische Vorbildung verwarfen und die Behauptung verfochten: die Schauspieler müßten wild, wie die Pilze aufwachsen — von ihrer Ansicht bekehrt worden sind. Sie geben jetzt zu, daß dieser Mangel an Unterricht in den künstlerischen Elementen, die jungen Talente unserer Tage massenhaft zu Grunde gehen läßt und alle Natur, alle Vernunft und allen Geschmack von der Bühne zu verbannen droht.

Sie ist im IV. Bande meiner dramatischen und dramaturgischen Schriften wieder abgedruckt.

Der Zeitpunkt die Theaterschulen einzurichten, ist folgerichtig der einer Reorganisation der Directionen. Bei unkünstlerischer Leitung der Bühnen konnten die Schulen allerdings nur halbe Frucht bringen, viele ihrer Vortheile würden wieder verloren gegangen sein; der künstlerischen Direction dagegen werden sie eine organische Vervollständigung ihres Lebens und Wirkens sein.

Der Schuleinrichtung, welche ich in der angezogenen Schrift angegeben, habe ich nur noch die dringende Empfehlung des engsten Anschlusses an die übrigen Kunstschulen hinzuzufügen. Jeder Staat bilde eine allgemeine umfassende Kunstakademie, entsprechend der Universität, die das Gesammtstudium aller Wissenschaften umfaßt.

Wenn der Staat alle Künste auf eine höhere Bildung des Volkes lenken will, so muß er ihre Uebereinstimmung dazu schon in den Kunstschulen vorbereiten. Die Künste und die Künstler müssen mit einander verständigt werden. Indem man die Theaterschule mit den bereits bestehenden Anstalten für Musik und für bildende Künste vereinigt, wird man eine größere allgemeine künstlerische Bildung des heranwachsenden Geschlechtes erreichen, die jetzt nur zu oft vermißt wird, weil Jeder in seinen Fachstudien eingeengt bleibt.

Auch die Kosten der Schulen würden geringer werden, indem viele Gegenstände gemeinschaftliche Studien zulassen. Wie sehr Musik- und Theaterschule in einander greifen, hat man längst erkannt — das Pariser Conservatorium vereinigt darum beide — aber wie sehr dies auch mit den bildenden Künsten der Fall ist, hat man sich bisher verhehlt. Nicht allein daß Hülfswissenschaften, wie Geschichte und Mythologie, allen Kunstjüngern übereinstimmend zu lehren sind, daß dem Theatereleven Bildung des Auges für Schönheit und Charakteristik der Form im Zeichnenunterricht, daß den Zöglingen der bildenden Künste dagegen zu Förderung einer harmonischen Bildung Theilnahme an manchem Unterricht der Theaterschule, dem Gesange, der Redekunst, der höhern Gymnastik u. s. w. wünschenswerth sein wird, sondern es würden auch die beiderseitigen Fachstudien sich fördernd berühren können. Die Uebungen der Geberdensprache von den Theatereleven z. B. könnten den Schülern der bildenden Kunst einen Reichthum lebendiger Motive zu raschen Skizzen liefern, an denen das Urtheil über die beiderseitige Leistung sich schärfen würde. So könnte die gegenseitige Anregung fortwachsend sich bis auf die wirkliche theatralische Thätigkeit ausdehnen und in der Dramatik eine wahrhafte Verschwisterung aller Künste erzeugen.

Ueber das Wie? habe ich mich in der angezogenen Schrift erklärt.

Der Unterricht hierin wird, bei unserer parlamentarischen Entwicklung, bald zu einer Bedingung guter Erziehung werden.

Noch eine Wohlthat würde aus solch einer Universität der Künste erwachsen, indem sie die Mißgriffe der jungen Talente über ihren Beruf zu berichtigen vermöchte, wie dies auf den Universitäten der Wissenschaften der Fall ist, wo mancher Jüngling zu seinem Heile — wie man es nennt — umsattelt. Abgesehen von denen, deren Talentlosigkeit in der Schule zur Erkenntniß kommt und die somit bei Zeiten von einer falschen Lebenstendenz geheilt werden können, giebt es Viele, die sich in unbestimmtem Triebe zur Kunst auf einen falschen Zweig derselben werfen. Wie man auf den jetzigen Kunstakademien wohl junge Bildhauer zu Malern umschlagen sieht und umgekehrt, so würde eine allgemeine Kunstschule manchen Theatereleven belehren, daß er zum Maler oder Bildhauer, manchen jungen Maler, daß er zum Schauspieler geboren sei. In den Abtheilungen für Musik und Theater würden diese gegenseitigen Berichtigungen ebensowenig ausbleiben und jeder wahrhaft zur Kunst berufene junge Mensch würde, in noch bildungsfähiger Zeit, an den Platz gestellt werden wohin er gehört, wo er der Kunst wahrhaft nützen und über seine Zukunft außer Sorge sein könnte.

Denn Wien und Berlin würden, auf ihren vielen Theatern, fast den ganzen Nachwuchs aus ihren Schulen anzustellen im Stande sein, hier also würden die darauf verwendeten Kosten augenscheinlichen Vortheil bringen. Diese Kosten aber würden, wenn die Landesvertreter nicht geneigt wären besondere Bewilligungen dazu zu machen, zur Noth von dem bedeutenden Zuschusse, den die Bühnen bereits genießen, abzuzweigen sein!

Die drei Theater in Berlin z. B. kosten dem Hofe jährlich an 200,000 Thlr. Was wäre es für drei künstlerische Directionen — die unfehlbar große Ersparungen und größere Einnahmen als bisher herbeiführen werden —von dieser Summe gemeinschaftlich 6-8000 Thlr. an die allgemeine Kunstakademie abzutreten? Und diese würden zureichen — wenn man alle vereinzelte Musikinstitute des Staates und was sonst an Deklamationslehrern, Ballettschulen u. s. w. verausgabt wird, zusammenzöge und zu einer großen Schule vereinfachte — dem ausgedehntesten Plane zu genügen. Im Akademiegebäude, seinem ganzen Umfange nach, würden — wenn man Ställe und Caserne daraus entfernte — alle Künste unter einem Dache eine Pflanzstätte finden, wie sie Europa noch nicht kennt und wie sie doch, ohne unverhältnißmäßige Opfer, durch guten und energischen Willen sehr wohl herzustellen wäre.

Selbst der Anstalten von so großem Umfange bedürfte es nicht, um auch mit kleineren Mitteln in kleinerem Kreise höchst Wohlthätiges zu leisten. Das musikalische Conservatorium Sachsens z. B., auch das von Prag, wären durch veränderte Organisation und Hinzufügung einiger Disciplinen, leicht zu Musik- und Theaterschulen umzugestalten und im Anschluß an die vorhandenen Akademien zu wahrhaft praktischer Nutzbarkeit des Staates auszubringen.

Und wo auch solche Anlehnungspunkte nicht vorhanden sind, sollte doch, wenigstens an jeder stehenden Bühne, ein erfahrener Künstler dazu angestellt sein: den Anfängern die nothdürftigsten Anweisungen zu geben, damit die jungen Talente ihre besten Jahre nicht ganz in irrthümlichen und verkehrten Versuchen — die das Theater selbst immer mitbüßen muß — verlören. Der praktische Nutzen davon ist so einleuchtend, und doch ist im ganzen großen Deutschland nirgend eine solche Einrichtung getroffen. Unter den tausend Professoren der verschiedenen Künste giebt es noch keinen einzigen der Schauspielkunst.

Künstlerische Directionen und Theaterschulen werden auch diese Verhältnisse verändern oder sie durch die richtigen Maßregeln ausgleichen.

Ist mit der hier besprochenen, durchgreifenden Erneuerung des ganzen Kunstlebens für eine mögliche Vollkommenheit dessen, was die großen, tonangebenden Theater leisten, gesorgt, so wird der wohlthätige Einfluß davon auf die Bühnen zweiten Ranges, auf die Stadttheater, nicht ausbleiben. Damit aber darf die Landesregierung sich nicht beruhigen, ihre Oberleitung muß sich grundsätzlich bis auf die letzte Wanderbühne geltend machen.

Die Directionen der Stadttheater sind — man darf sich darüber nicht täuschen — nichts anderes, als industrielle Unternehmungen. Die Magistrate oder die Regierungspolizei, denen bis jetzt die dramatische Kunst in den Provinzen unterworfen ist, setzen daher auch ihre höchste Forderung an den Director, bei Uebergabe des Theaters, in seine Zahlungsfähigkeit.

In welchem Geiste er es führen werde, davon ist niemals die Frage. Gute Einnahmen gelten für den Beweis, daß er das Publikum zu unterhalten verstehe, und wenn dies auch in der geschmackverderblichsten Weise geschieht, so hat die Behörde ihn deshalb nicht anzufechten.

Dieser Zustand verändert sich schon durchaus, sobald die Oberaufsicht von der Landespolizei auf das Cultusministerium übergeht, dem der Geist der Institute als das Wesentliche, ihrmaterieller Bestand nur als dessen Grundlage gilt. Das Ministerium würde vor Allem darüber wachen müssen, daß die Directoren der Stadttheater künstlerisch befähigte und gesinnungstüchtige Männer seien und daß sie die Verpflichtung übernähmen: ein der Musterbühne des Landes analoges Verfahren einzuhalten. Dies müßte der Hauptpunkt der Pachtverträge oder Concessionsertheilungen sein. Nach Ort und Verhältnissen würde sich das Maß für die Erfüllung dieser Bedingung bestimmen lassen, wobei die Directionen der Residenztheater die sachverständige Regulirung übernehmen könnten. Das Wichtigste dabei müßte die Aufstellung eines Stammrepertoirs sein, das jeder Director — nach Maßgabe seiner Kräfte und seines Publikums — in jährlicher Wiederkehr festzuhalten hätte. Denn womit ein Theater sich beschäftigt, das bestimmt seine Beschaffenheit. Ist ein Director gezwungen, alljährlich gewisse treffliche Stücke aufzuführen, so wird er, um seines eignen Vortheils willen, sie möglichst gut zu geben suchen und an dem Umgang mit dem Trefflichen wird das Institut sich erheben.

Die Regierung müßte ferner dahin wirken, das Repräsentativsystem der Direction auch bei diesen Theatern einzuführen. Hier, wo die Einnahmen zur Lebensfrage für alle Mitglieder werden, wird die Organisation bald zu einem vollständigen Societätsverhältnisse führen, das, wenn es gehörig geregelt und beaufsichtigt wird, die trefflichste Schule für den schauspielerischen Gemeingeist abgeben und der Ausbeutung der Kunst und der Künstler durch das Unternehmerwesen ein Ziel setzen muß.

Freilich hätte die Regierung auch dahin zu wirken, daß die Städte den verkehrten Grundsatz aufgäben: vom Theater Nutzen ziehen zu wollen, daß die Stadttheater von einer Menge von Lasten und Abgaben und dadurch von steten Sorgen befreit würden, welche die Befolgung reinerer Grundsätze unmöglich machen.

Zunächst müßte dies mit dem Miethzins der Fall sein, der für die Benutzung der Schauspielhäuser gezahlt wird. Jede bedeutende Stadt muß unter ihren öffentlichen Gebäuden auch ein Theater besitzen, und ebensowenig als für Benutzung der Kirchen, Schulhäuser, Bibliotheken, Museen u. s. w. ein Miethzins eingezogen wird, sollte er für das Theater gefordert werden.

Es sollte ein Ehrenpunkt für unsere Städte sein —wie dies in Frankreich der Fall ist — ihre Schauspielhäuser der Kunst ohne Eigennutz zu eröffnen, dann würden sie auch höhere Ansprüche an das, was drinnen geleistet werden soll, machen können.

Auf die Directionen solcher Theater, welche aus Staatsmitteln Unterstützungen erhalten — wie dies in mehreren Provinzialhauptstädten Preußens der Fall ist — würde die Regierung einen dictatorischen Einfluß üben können, auf die andern würde dieser zunächst ein vermittelnder, aber darum nicht weniger wichtiger sein.

Entschiedener und gewaltsamer müßte dagegen der Eingriff in das Wesen der Wanderbühnen, der großen und kleinen ausfallen; hier ist einem Unfuge zu steuern, der nicht allein auf dem Gebiete der Volksbildung, sondern auch der bürgerlichen Sitte und Ordnung wahre Verwüstungen anrichtet.

Aeußerst wenige der sogenannten reisenden Gesellschaften bewähren durch dauernden Bestand ihre Achtbarkeit. Die bei Weitem größere Zahl der Comödiantenbanden, welche schaarenweis Deutschland durchschwärmen, in mittleren und kleinen Städten, Flecken und Dörfern sich einander auf die Fersen treten und die Schaulust der Einwohner — auf eine, zu deren übriger Lage, unverhältnißmäßige und meistentheils unwürdige Weise — ausbeuten, schleppen sich von einem Bankerott zum andern. Sie entstehen aus zusammengerafften Leuten, halten sich einige Monate, oft nur einige Wochen, bezeichnen ihre Wanderspur mit der liederlichsten Wirthschaft, hinterlassenen Schulden, verführter Jugend u. s. w. und zerstreuen sich dann über das Land hin, eine Schaar vagabundirender Bettler. Meistens sind es bethörte Menschen, die im äußersten Elende die unergiebigen Sommermonate durchkämpfen, um mit dem Herbste den Kreislauf ihrer verzweifelten Existenz von Neuem zu beginnen. Zu keiner regelmäßigen Thätigkeit mehr brauchbar, gerathen diese Abenteurer des lustigen Elends endlich bis zur untersten Stufe der physischen und moralischen Versunkenheit.

Und diese Zustände werden von den Landesbehörden recht eigentlich herbeigeführt und gehegt. Das Uebermaß der Concessionen, die leichtsinnige Unbedenklichkeit, mit welcher sie ertheilt werden, erschaffen dem Staate eine ganze Klasse von bedauernswerthen und unheilbringenden Landstreichern.

Man hat zur Entschuldigung dieses laxen Regierungsverfahrens angeführt: auch der Kleinbürger und Bauer bedürfe der Erregung seiner Phantasie, die ihn der drückenden Alltäglichkeit enthöbe und dadurch erfrische, das Schauspiel sei dazu das geeigneteste und unschuldigste Mittel, wer ihm also dies verschaffe, dürfe in seiner Gewerbthätigkeit nicht gehindert werden.

Abgesehen davon aber, daß ein Erwerb, der notorisch trügerisch ist, an welchen entschieden polizeiwidrige Folgen geknüpft sind, nicht unbedingten Schutz verdient, ist die Gleichgültigkeit gegen den geistigen Einfluß dieser bettelhaften Schauspiele auf Bürger und Bauer gewiß nicht zu rechtfertigen. Es darf dem Staate nicht gleichgültig sein, wenn dem Volke das menschliche Leben in Zerrbildern und in unsinniger Verkehrtheit dargestellt wird. Gerade den unteren Schichten des Volkes, auf welche der sinnliche Eindruck ungemäßigt durch Ueberlegung und Urtheil wirkt, muß im Schauspiele ein möglichst reiner und lehrreicher Spiegel des Lebens geboten werden.

Ist es doch in unsern Tagen zur Anerkennung gekommen: das Volk habe ein Recht, vom Staate Bildung zu verlangen. Soll sie ihm nun lediglich auf dem Wege des Buchstabens und des Erlernens angeboten, soll sie ihm nicht auch durch lebendige Kunsteindrücke in's Gemüth geprägt werden? Und wenn dies nicht überall in rechter Weise geschehen kann, hat der Staat nicht die Verpflichtung: das Volk wenigstens vor falschen Eindrücken zu bewahren?

Zudem wäre es eine sträfliche Inconsequenz, wenn die Regierung länger zugeben wollte, daß in den Provinzen und auf dem Lande gerade das Gegentheil von dem geschieht, was sie mit so bedeutenden Geldopfern in den Hauptstädten zu bewirken sucht.

Darum muß also die Generaldirection des Cultusministeriums ihre Hand über das ganze Land hinstrecken, der Polizei die Beurtheilung und Entscheidung der Bühnenangelegenheiten abnehmen, sie höchstens zur Vollstreckerin ihrer Beschlüsse machen.

Alle Comödiantentruppen, welche die Würde der Menschendarstellung geradehin verletzen, müssen ohne Weiteres abgeschafft werden. Alle Concessionen sind nach ihrem Ablauf einzuziehen, nur dem Cultusministeriums stehe es zu: sie nach einem neuen Modus zu erneuern.

Nun grenze man bestimmte Wanderbezirke ab, welche vielleicht eine Provinzialhauptstadt und einige nahe gelegene, oder eine genügende Anzahl von mittleren und kleinen Städten umfassen, und übergebe ein jedes dieser Gebiete einem erprobten Director, daß er nach Uebereinkunft mit den betreffenden Städten sie nach einer jährlichen Reihefolge mit seiner Truppe besuche.

Man richte diese Bezirke nicht zu eng, nicht nach einer knappen, sondern nach einer reichlichen Veranschlagung des Theaterpublikums ein, damit diese Gesellschaften anständig bestehen, damit das kostspielige Reisen und an verschiedenen Orten Wohnen in unanstößiger Weise geschehen könne. Man schütze diese Truppen gegen jede Concurrenz — welche jederzeit die Theater nur gegenseitig verschlechtert, niemals verbessert hat — man organisire sie nach dem Muster der Residenztheater, mit angemessenem Stammrepertoir und grundsätzlichen Verpflichtungen, mit Repräsentativverfassung, die ganz natürlich auch hier zu Societätsverhältnissen, mit selbstgewählten Führern, ausschlagen wird, dann werden diese ambulanten Theater so in Flor kommen, daß manche Stadt, die jetzt einen Ehrgeiz darein setzt, ein stabiles Theater kümmerlich zu erhalten, es vorziehen wird, in solch einen Wanderbezirk zu treten und lieber vier oder sechs Monate gutes Theater, als das ganze Jahr über schlechtes zu haben. Denn diese reisenden Gesellschaften werden den großen Vortheil genießen, nur einen kleinen Kreis von Vorstellungen zu brauchen, um das Publikum jeder Stadt eine Zeit lang in regem Antheil zu erhalten. Diese Vorstellungen können daher sehr sorgfältig studirt sein und in jeder Stadt neu gespielt, vor immer neuen Zuschauern, immer vollkommener werden. Die Truppen werden auch, wenn bei ihrer Abwesenheit kein anderes Schauspiel stattfinden darf, das Publikum immer wieder voll frischer Theaterlust und begierigem Antheil finden.

Wie man den besseren dieser Truppen gewisse Vorstellungen zu gebieten hätte, so müßte man den untergeordneten andereverbieten, damit sie nicht, was über ihre Kräfte geht, herabwürdigen.

Man schelte diese durchgreifende und beschränkende Einrichtung — welche allerdings so viele Interessen berührt, daß sie, sowie die gesammte Theaterorganisation, durch ein eignes Gesetz von den Landesvertretern adoptirt werden müßte — nicht eine Beeinträchtigung der Freiheit des Theaterpublikums und der Erwerbthätigkeit. Man darf das Theater nicht länger als eine bloße Vergnügungs- und Industrieanstalt betrachten. Soll es aber eine höhere Culturbedeutung gewinnen, so müssen die Grenzen seiner Wirksamkeit, ebenso wie die der Kirche und Schule, vom Staate festgestellt werden.

Die Zahl der reisenden Gesellschaften wird über die Hälfte vermindert werden, das ist ein Glück für die bürgerliche Gesellschaft und für die Kunst, denn um so eher wird der Schauspielerstand nur aus wirklich Berufenen bestehen. Den Bewohnern der Dörfer und kleinen Städte wird es besser sein, wenn sie nicht mehr von Wandertruppen heimgesucht werden, dagegen ein wohlgeordnetes Theater in den Städten finden, sobald sie diese zu Jahrmärkten oder festlichen Zeiten besuchen. Die Mittelstädte werden nur eine bestimmte Theatersaison haben, aber sie wird ihnen auch etwas bieten, das des Antheils werth ist.

Man braucht nicht zu besorgen, daß die Bezirksgesellschaften, auf die Ausschließlichkeit des Privilegiums pochend, sich vernachlässigen und das Theaterbedürfniß ihres Publikums mit Bequemlichkeit ausbeuten werden; dagegen bürgt die allgemeine Betheiligung der Mitglieder an Ehre und Vortheil der Gesellschaft und die Abhängigkeit von der Landesregierung, die, auf eine begründete Beschwerde des Bezirks, der Gesellschaft das Privilegium nehmen, oder sie in einen andern Bezirk versetzen kann.

Diese letzte Maßregel eines Wechsels der Gesellschaften könnte übrigens auch unter anderen Umständen anwendbar sein.

Der Vortheil, der hierin aus der Centralisation der Oberleitung sämmtlicher Landesbühnen entspringt, wird sich noch in einer Menge von anderen Dingen darthun. In großen Staaten wird die Ausübung des Ministerialeinflusses allerdings einer weitläuftigeren Gliederung bedürfen, in den kleineren dagegen in ungemein abgerundetem Zusammenhange wirken.

So werden z. B. die allgemeinen und einzelnen Einrichtungen, Bearbeitungen von Stücken, Uebersetzungen, zur dramatischen Handlung gehörige Musiken, verbesserte Operntexte, Scenirungen u. s. w., wenn sie sich in der Residenz als zweckmäßig erwiesen haben, sich ohne erhebliche Kosten den übrigen Landesbühnen mittheilen lassen; mithin werden die besten Talente, welche die Mustertheater versammeln, für die Hebung des gesammten Theaterwesens im ganzen Lande arbeiten. Junge Leute, die sich bei den untergeordneten Theatern auszeichnen, werden in der Unparteilichkeit der, allen Theatern gemeinsamen Oberbehörde den Weg zu den besseren Bühnen unversperrter finden, während, bei dem verbesserten Zustande der Provinztheater, man künftig ohne Sorge vor Verbildung, junge Leute, Eleven der Theaterschule, auf Lehr-und Uebungsjahre dorthin geben kann.

So manches Mitglied der ersten Theater, das unter den jetzigen Verhältnissen bei voller, kräftiger Gesundheit pensionirt wird, — weil es etwa die Stimme verloren hat, oder dem jugendlichen Fache entwachsen, für ein älteres gerade kein Talent zeigt — würde als Director eines Provinzial-Theaterbezirkes dem Staate noch gute Dienste leisten können. Oder der Halbinvalide eignete sich für eine Professur an der Theaterschule; eine Wirksamkeit, welche einem abgetretenen Director auch wohl anstehen würde. Oder wenn der für die Bühne Untauglichgewordene von untergeordneten Fähigkeiten ist, könnte er sich auf irgend einem Beamtenposten der Bühne noch nützlich machen. Immer vermöchte so die Ministerialdirection, durch ihre umfangreiche Verfügung, dem Staate die ungebührlich langen Pensionsleistungen und den alternden Künstlern die Schmach eines bezahlten Müßigganges zu ersparen, in einem Alter, wo sie noch arbeiten können.

 Uebereinstimmende und angemessene Anstalten zur Pensionirung der Schauspieler zu treffen, würde erst möglich sein, wenn die Reorganisation des ganzen Theaterwesens festen Fuß gefaßt hätte. Auch diese, so überaus wichtige Angelegenheit müßte nach einem umfassenden Plane geordnet werden, auf alle Bühnen des Landes, nach den erweiterten Grundsätzen des preußischen Staatspensionsfonds sich erstrecken, vielleicht, nach Eckhof's altem Entwurfe, ganz Deutschland umfassen. Für's Erste wird man an den bestehenden Einrichtungen festhalten müssen, mit denjenigen Modificationen, welche an den Residenztheatern die Verwandlung der Theatermitglieder aus Hofdienern in Staatsdiener nothwendig macht.]

Genügen werden die hier angegebenen Momente, um den Blick auf den außerordentlichen Gewinn zu lenken, den das Theater in seinen Mitteln, durch deren gesammelte Verwendung machen wird. Genügen wird die ganze bisherige Darstellung, um den unermeßlichen Gewinn darzuthun, den der Geist und die Würde der deutschen Bühne von der vorgeschlagenen Reform ziehen und dem Volke mittheilen muß.

Die Schwierigkeiten der Reorganisation sind nicht so groß, als die Umständlichkeit dieser Besprechung vielleicht erscheinen läßt, denn die Einrichtungen beruhen auf der Natur der Sache, gestalten und regeln sich darum aus sich selbst.

In einer freien Entwicklung der künstlerischen Kräfte, bei gemeinsam berechtigter Betheiligung, muß die auf sich selbst gestellte Kunst werden, was sie werden kann; in ihrer Wirkung auf das Volk, vom Geiste desselben — der sich in der Staatsregierung auszusprechen hat — geleitet, wird sie dem Volke leisten, was sie ihm leisten kann.

Dies sind die Bedingungen eines wahrhaften Nationaltheaters. Uebereinstimmend, wie in Kirche und Schule, müssen die Kräfte und Mittel der Nation dazu wirken; nur die organisch verbundenen Landesbühnen erschaffen ein Nationaltheater.

Zum Schluß noch einen Blick auf ein Moment dieses Reformvorschlages, das in rein menschlicher Beziehung allein schon volle Beherzigung verdient: es ist die Wirkung auf den Schauspielerstand.

Allen Plänen, die Schaubühne auf eine höhere Stufe zu heben, pflegt man den Einwurf entgegenzuhalten: sie müßten an der unabänderlichen Beschaffenheit des Schauspielerstandes scheitern.

Wäre es wahr, daß die allerdings starken und mannichfachen Versuchungen dieses Standes unüberwindlich wären, so hätte der Staat die Pflicht, denselben aufzuheben und nach Plato's und Rousseau's Rath das Theater aus seinem Bereiche zu verbannen.

Aber es ist nicht so. Die Kunstgeschichte zeigt uns unter den Schauspielern wahre Muster an sittlicher Würde und Charaktergröße. Waren diese möglich, so muß auch die Hebung des ganzen Standes möglich sein und es hat bisher nur an den Bedingungen dazu gefehlt.

Was hat der Staat, was hat die bürgerliche Gesellschaft zur Bildung und Versittlichung des Standes gethan? Nichts! Ja schlimmer als das, man hat Alles gethan ihn in verderblicher Stellung zu erhalten.

Das erste Erforderniß zur Hebung eines Standes: Bildung, der Staat hat ihm bis auf den heutigen Tag die Gelegenheit und damit auch die Nöthigung dazu versagt. Der Schauspieler ist der einzige Staatsbürger, dem keine Fachbildung geboten, dem auch keine abgefordert wird. Darf man sich wundern, daß er sie nicht besitzt?

Unsittlichkeiten unter den Theatermitgliedern — obschon sie verhältnißmäßig kaum häufiger vorkommen, als in andern Ständen, nur bei der Oeffentlichkeit ihrer Stellung auffallender sind — entfernen noch immer die gute Gesellschaft von dem ganzen Stande, und Einzelne finden nur trotz ihres Standes Zutritt. Aber um demselben eine sittlichere Haltung aufzunöthigen, was hat denn der Staat, was die Gesellschaft gethan? Würden wohl andere öffentliche Stände: Geistliche, Richter u. s. w. ein im Allgemeinen sittliches Verhalten zeigen, wenn es ihnen nicht streng abgefordert, wenn der einzelne Bescholtene nicht, als des Standes unwürdig, ausgestoßen würde? Alle bürgerlichen Tugenden haben ihre Grundlage im Zwange des Gesetzes und der Sitte.

Dem Schauspieler aber macht die irregeleitete öffentliche Meinung Unsittlichkeit beinahe zur Bedingung künstlerischer Anerkennung; man läßt es ihn merken: einige Flecken Schande ständen ihm gut zu Gesicht. Man nimmt dem Schauspieler nichts übel, aber man verachtet ihn. Das Spiel der Leidenschaften im Privatleben des Künstlers sieht man als in nothwendiger Beziehung zu dem auf der Bühne stehend an, läßt seine entfesselten Neigungen als eine Würze der Kunstproduction gelten. Sogar die ersten Grundbedingungen des rechtlichen Vertrauens legt man ihm nur locker auf, er gilt als ein privilegirter Freibeuter im bürgerlichen Leben. Ein contraktbrüchiger, durchgegangener Bühnenkünstler findet selbst an Hoftheatern bereite Aufnahme.

Darf man sich wundern, daß in dieser Stellung manche Theatermitglieder es mit sittlichen Verpflichtungen nicht genau nehmen?

Darf man die allerdings tief eingerissene Selbstsucht, — aus der in der Kunstübung das vereinzelte Virtuosenspiel und die verderbliche Effectjägerei entspringen —dem Künstler so unbedingt zum Vorwurf machen, wenn er behaupten darf, daß die jetzigen Bühnenzustände ihm, von allen Antrieben für seine Kunst, nur den Egoismus übrig gelassen? Daß er sich als ein Miethling fühle, entweder gewinnsüchtiger Unternehmer oder kunstfremder Behörden, die für seine Leistungen keinen andern Maßstab als den Beifall der Massen und der Journale haben, der denn also um jeden Preis errungen werden müsse, wenn man sich eine Stellung sichern wolle.

Sobald das Theater zur Staatsanstalt erhoben ist, werden die Forderungen an die Künstler strenger, die Achtung für sie aber darum auch größer werden. Verletzungen der öffentlichen Moral werden keine Bemäntelung mehr finden, der Stand wird an sittlicher Haltung gewinnen. Er wird für seinen Beruf gebildet und geprüft werden, wie das in andern Künsten der Fall ist. Die Anerkennung seiner Bedeutung und seines Nutzens im Staate wird ihm gesellschaftliche Achtung verschaffen, er wird sich immer mehr aus den gebildeten Schichten der Gesellschaft recrutiren. Seine gemeinwesenliche Verfassung wird die Elemente feinerer Bildung mit der Kraft naturwüchsigen Talentes unausgesetzt durchdringen, eine edle künstlerische Gesinnung sich geltend machen können.

Darum ist es menschlich und gerecht, wenn man dem Schauspieler endlich eine Verfassung zugesteht, die seine Selbständigkeit anerkennt, ihm Bildung und höhere Gesittung garantirt; den Anspruch daran erhebe ich im Interesse meines Standes mit diesen Reformvorschlägen. Wir haben ein Recht: endliche Gleichstellung mit den übrigen Ständen zu verlangen, Gleichstellung in Unterricht und moralischer Verpflichtung. Wir sind die einzigen davon Ausgeschlossenen, wir sind die Parias unter den Ständen. Willig sind wir zu leisten, was man von uns fordern kann, aber wir können es nicht, wenn man es nicht fordern, wenn man die Leistung nicht ermöglichen will. Erst wenn Alles geschehen ist, wie bisher Nichts geschehen ist, unsern Stand zu heben und er sich unfähig dazu erwiesen, erst wenn man ihm höhere Zwecke gegeben und er ihnen nicht entsprochen — dann mag man ihn verwerfen, aber erst dann. Jetzt hat die Gesellschaft kein Recht dazu, sie hat verschuldet, was sie uns vorwirft.

Ueber diese höhere Lebensfrage unseres Standes wird zugleich mit der über die deutsche Bühne entschieden werden.

Der bisherige Zustand hat keine Dauer mehr. Das deutsche Volk, an seiner Spitze seine Fürsten, muß sich erklären, was es von seiner Schaubühne will?

Soll sie ihm nur zum Vergnügungsort, zur Zuflucht des Zeitvertreibes, zur Reunion der feinen Welt, zur Gelegenheit: Toilette zu machen und sich Rendezvous zu geben, daneben zur Befriedigung der Schaulust oder des Bedürfnisses der Erschütterung durch Lachen oder Weinen dienen — wozu dann die enormen Summen, welche aus Landesmitteln zu Gunsten so frivoler Anstalten fließen? Dann mögen diejenigen das Vergnügen bezahlen, die es genießen, man ziehe alle Subventionen zurück, verpachte die Theater und lasse den Unfug auf der Bahn industrieller Speculation dahinschießen. Die englische Bühne zeigt: wohin sie führt; die französische wird vor ihren Gefahren bis jetzt nur noch durch den angeborenen richtigen Sinn ihres Volkes für die dramatische Kunst bewahrt. Gewiß ist, daß auf diesem Wege keine Bühne zur Veredlung des Volkes wirken, ja daß sie vom Strome der Vergnügungslust so weit fortgerissen werden kann, daß ihre Existenz für die öffentliche Moral bedenklich wird.

Soll aber dem deutschen Volke sein Nationaltheater sein, was die Folgerichtigkeit seines geistigen und sittlichen Bildungsstrebens fordert, soll es ihm ein Spiegel des Lebens, eine Stätte der Selbsterkenntniß, ein heiterer Tempel der Begeisterung für Schönes, Edles und Erhabenes sein, so müssen ihm auch ernster Wille und volle Mittel dafür zugewendet werden. Ein ächtes Nationaltheater[~95] wird die Erwartungen der Nation niemals täuschen.

Mögen zu der alsdann nothwendig werdenden durchgreifenden Umgestaltung des heutigen Theaterwesens meine Ansichten und Vorschläge behülflich sein, sie sind ein Ergebniß dreißigjähriger Erfahrung in allen Zweigen der Dramatik und einer unzerstörbaren Ueberzeugung von der erhabenen Bestimmung des Theaters.

Dresden im December 1848.

Eduard Devrient.